最传奇最梦幻的科幻小说

中文神大战

钟国辉◎著

羊城晚报出版社
·广州·

图书在版编目（CIP）数据

蚊神大战 / 钟国辉著. —广州：羊城晚报出版社，2014.2

ISBN 978-7-5543-0091-6

Ⅰ. ①蚊… Ⅱ. ①钟… Ⅲ. ①科学幻想小说—中国—当代 Ⅳ. ①I247.5

中国版本图书馆CIP数据核字（2014）第019396号

蚊神大战
Wen Shen Dazhan

策划编辑 朱复融
责任编辑 黄捷生 王思宇
责任技编 张广生
装帧设计 友间文化
责任校对 麦丽芬 潘子扬
出版发行 羊城晚报出版社（广州市东风东路733号 邮编：510085）
网址：www.ycwb-press.com
发行部电话：（020）87133824
出 版 人 吴 江
经　　销 广东新华发行集团股份有限公司
印　　刷 广州市艺彩印务有限公司（电话：020-81549182）
规　　格 787毫米×1092毫米 1/16 印张8.5 字数80千
版　　次 2014年2月第1版 2014年2月第1次印刷
书　　号 ISBN 978-7-5543-0091-6 / I · 172
定　　价 29.50元

内容简介

帝国——恙国总统布克玛，为了控制人类和地球，颠覆传统的战略思维，研究并实施“蚊神战略”，集中了全国200多名科技精英，研究水波照相机、地心引力通信、反万有引力物质、空气压塑永恒能源材料、吸光涂料、意识机器人等几十项高科技。利用蚊子小和灵活的特性，经过10年的努力，将几十项高科技嵌入生物蚊子中。把总统的意识复制到蚊子上，实施蚊子攻击，将布克玛的意念神不知鬼不觉地传给敌对国和国内反对党的领袖，使他们乖乖地听从恙国的指挥，恙国不费一枪一弹达到称霸的目的。最后，布克玛和科研精英全部遭灾……

作者简介

钟国辉，男，大专文化，1957年9月生，广东丰顺县人，现为广东省直属机关工作委员会副巡视员（副厅），中外散文诗学会广东省分会副主席、广东省直机关党建研究会副会长、广东省作家协会会员、广东省国学学会顾问。

他从10岁开始独自离家到5～11公里外的学校寄宿读书。深山小路林密雾大，丝毫无法阻挡他孩童读书的梦想。

1976年，他心怀理想应征入伍。经历了对越自卫还击作战，在湘、桂、粤等地从事步兵、警卫兵、通信兵、仓库兵、坦克兵等军旅生涯。从一名士兵成长为团政治处主任，从最基层连队干到广州军区机关，1996年转业到广东省直机关工委工作。

1977年，他在《战士报》第一次见稿。将近40年的文字工作中，在中央和省级几十家媒体见稿1500多篇，完成几千万字工作量，起草各种文件和各种文稿几百份，负责策划、编辑5本书。

利用业余时间，他发明了26个专利，申报了3个计算机软件著作权。其中，万用充电器壳体专利，首次为中国和世界几亿人提供方便，到目前仍被广泛使用。他申报的“一种多功能防烧、防渗蜂鸣器”实用专利，生产后将为千家万户带来厨房方便。跳旦非物质服务主动供、求软件，将供、求双方通过计算机配对，精准向供、求双方发布信息，做到全球“万事不求人”，同时，又杜绝垃圾信息，颠覆传统广告。软件第一次提出非物质服务概念，将颠覆现有网络平台。另一款跳旦通信软件，有10项功能，将颠覆传统的人类通信模式，特别是在呼救和丢失手机、移动设备等方面，第一个提出新概念，将为人类生产、生活带来极大方便。

勤于耕耘，苦于奋斗，恪尽职守。他先后两次荣立三等功，受到70多次各种奖励，被评为“广东省直机关优秀共产党员”和“岗位排头兵”。

已经出版《符号的赤裸》诗集，近3万字。许多诗已在《人民日报》、《中直党建》、《中体产业》、《侨星》、《跨越》、《南方网》等10多家中央和省级媒体刊登。诗集得到高层领导和散文诗歌的大家杨克先生、张宇航先生、温远辉先生的高度肯定和支持。

（一）

总统，布克玛恐惧大声尖叫。

400多平方米大厅，监视总统安全和睡眠的羔国最高安全情报中心，20多名情报安全员，看到墙上四周几十个屏幕信号乱成一团。喇叭传出总统的尖叫声。

总统的睡房，天顶和墙壁的四面，都是光吸收涂料，白天能够吸收太阳光，当晚上时，可以通过声控或手控，让涂料发出光。

当主人发出“最亮”的声音后，整个房子的涂料就会显示最亮的光度。

当主人发出“次亮”声音时，涂料就会显示比最亮稍差一点的光。

当主人发出“灭灯”声音时，涂料就会以0、1

秒的速度将光亮熄灭。

这是总统逃生的最佳时机，因为没有灯光，敌手就无法找到目标，总统就有机会迅速逃生。

情报安全人员迅速冲向总统睡房大门，用意识指纹心灵密码钥匙开门，可怎么也无法打开。

总统一叫，恐怖的脑电波启动，心灵的感应波也同时开启。

脑电波和心灵感应睡床连同总统随即在1秒钟下沉1.5米。

在睡床下沉的同时，即第二秒钟，床顶四个方向50厘米厚的钢板瞬间关闭。

这是总统的逃生通道。

总统惊魂未定。

新当选的羔国总统、四军总司令布克玛。

刚刚上任，在总统府过夜。

总统，近2米高，皮肤红色带蓝，头发白色带绿，五官似东方人，两手超过膝盖。

总统睡在一个六面有磁场、光波、意识感应、心灵呼唤的600多平方米的大房间。

总统只要心有所想都能满足。想吃喝，通过光波隧道，把吃喝的东西送到床头。想看世界各地，白体墙面立即会呈现所需情况。想美女，通过调动屏幕画面的美女图和声音，用12D合成打印机，在30分钟内，打印出与屏幕画面的美女图和声音一模一样的仿真肉体美女，并将与真实的美女的通信连在一起，形成仿真肉体美女与真实美女声音同步交流，可以陪总统随意生活。

这是国家设计和规定的环境。总统能够充分行使职权，享受生活和愉悦。

总统一旦发现可疑，可以立刻逃走。

总统突然看到，从光波中走来一个人。

长长的鹰爪和带钩的牙爪正抓自己的头和身体。

梦幻中，总统听到一声狂笑：

“小玛总统，我已经在天堂，上帝说，我在当帝国总统的时候，发动了好多战争，造成生灵涂炭。”

“在天堂，大大小小的灵魂都来折磨。”

“本希望到天堂比人间好，殊不知，在人间干的罪过到天堂后是要还的。”

布克玛在梦中无论怎样逃，都逃不掉，最后，还是被抓回来，脑袋被吃了一半。

睡床咣当一震，布克玛醒来吓出一身冷汗。

他发现，脸上一只大蚊子，吸饱了自己的血。胡乱中蚊子已被自己打死，但血仍然粘在脸上和手上。

总统，魂丢灵落。

他在想，这可能是天堂老总统的化身。

他反思着、恐惧着。

这怎么得了，我可不能走老总统的路。

布克玛意念中随即做出一项重大战略决定。

（二）

布克玛正紧张筹划羔国帝国的重大决策。

布克玛分析当前地球格局。

自人类以来，靠战争征服敌国。在战争中，首先死伤的是平民和无辜的人。统治集团成员和首脑的死伤总是排在倒数位置上。

他想，我要用人类1000年后的智慧和800年后全新的科技，用一种超自然的神力，将地球统治好，管理好，将羔国帝国的利益一直永远置于地球之上。

总统知道，人类现有的技术，导弹可以打到地球的任何角落，地表面以上都不安全。

导弹可以摧毁飞行器，还可以打到外星球。

当前和今后相当长时间，只有地心还安全。

布克玛决定，把羔国帝国指挥部设在十八层地狱。

十八层地狱，是东方古国古老的民间神话传说。

十八层地狱（或称十八地狱、十八重地狱、十八泥犁）是地狱名称。传说阎罗王为地狱之首，属下的十八位判官分别主管十八层地狱。地狱是阴间地府的一部分。

按照上帝过去的传说规定，十八层地狱，每一层地狱为100米，18层地狱总共为1.8公里。

上帝也改革开放了。科技进步，过去的地狱距离现在已经不行了。现在的十八层地狱，每一层为1公里，十八层地狱总共18公里，在十八层地狱的顶部还有10公里，这样，十八层地狱的深度离地表面总共有28公里。这是人类目前最安全的地方。

总统决定，要挖出离地表面28公里的深层指挥部。

羔国粒子挖坑指挥部动用一切力量，仅用半年的时间，就挖出十八层地狱。每一层的地狱都不是垂直结构，层与层之间是一个*字错开形螺旋上升结构，防止将来氦子弹的袭击。

羔国帝国指挥部就设在十八层地狱的底层，以上各层分别是帝国的重要部门。

帝国指挥部四周是金刚钻墙，可防20级的地震和任何的人类武器攻击。室内有地心热能自助照明和地心自助的氧气，指挥部四周金刚钻的墙壁上布满了各种仪表，可在任何情况下与地面、海洋、天空信息相连。指挥部可供在此指挥的人长年生存。

布克玛坐在指挥中心的射线椅子上。

这种射线椅子远处看不见，人走近了就会显现出来，人坐上后，射线椅子受到人的热辐射剂量增加，椅子可见的模型又不见了。

羔国20多名最高科技决策和研究人物，依次按照排位顺序坐在总统对面的三个方向上。

总统神色凝重，对与会者说：

“各位，看到你们黑煞的脸就看到了我现在的心情。把大家召集来，就是要研究一项自人类社会以来最绝妙的工程，叫‘蚊神大战’。简称‘21’

工程，即蚊子的两个翅膀和一个脑袋。”

总统接着说：“为了绝对保密，对与会者要采取血液和意识黏合定向传输、接受及记忆。”

紧接着，血液专家和意识专家开始按照程序动作。

血液专家蓝荣说：“各位，请你们把衣袖挽起来，每个人要抽一滴血，总统也不例外。”

意识专家天钻接着说：“也要对各位的大脑接上一条意识针，包括总统。”

血液和意识专家各忙各的。

按照保密的综合和分类，对与会者进行不同的血液和意识黏合定向传输和接受。

综合类的保密有2人，分别为总统和“21”工程的总管仲玉光。这两个人需把血液和意识针融合到综合的保密箱。这样，他们就能听懂、记忆“21”工程所有的意念、用途、设计、资金、研究时间以及投入使用的年代。

其他20多人的血液和意识针放到定向的保密箱。定向只能接受和记忆与自己有关的意念、用途、设计、资金、研究时间以及投入使用的年代。与自己无关的情况一概听不到和记忆不了。

从此，“21”工程拉开了序幕。

（三）

总管，仲玉光，详细介绍“21”工程的总体构想。

他说，自猿猴变人后，人类的大脑经受了激烈的基因突变，野蛮和扩张的神经元无限变大，食肉基因变异，吸收变乱，善性基因缩小，屠杀同类的施暴基因仍在扩展。

人为了自身的利益和发展，开展了残暴的掠夺和无度的竞争。获取和掠夺自然资源，在人类同伴中相互残杀，使用的消灭手段空前残忍。再这样发展下去，人类总有一天会毁灭自己。

为了人类的利益，为了帝国的利益，又不让战争发生，帝国必须找到既可以为我所用，又能控制而不会造成毁灭的科技之路。

“21”工程就是这样的科技项目。

简单来说，就是利用蚊子的特性和生物载体，植入人的意识，制造生物蚊子意识机器人。

可以根据需要，控制生物蚊子意识机器人飞到需要控制的国家，对这个国家的首脑实施蚊子输入意识，使这个国家能够听从羔国帝国总统的指挥。

这样，就不会有战争，不会有屠杀。

导弹、飞机、舰船、原子、中子、粒子等武器就失去作用。人类就可以省下许多军费开支，平民就可以过上好日子。

“21”工程同样也是一举两得。羔国帝国的总统有朝一日到了天堂，也就不会遭受灵魂的折磨。

这对人类、对国家、对总统、对大家都是百利无一害的好事。

仲玉光接着介绍，要实现这个工程，有10多大项子工程需要研究和实施。

包括：永恒的能源材料、意识存储库、飞行技术、通信技术、隐身技术、识别技术、生物融合技术、基因变异技术、预警技术、意识输入技术、整合技术、试验修正技术，等等。

会议开了整整两天，其他10多位工程专家各自介绍了研究“21”工程的总体构想。

总统布克玛站起来最后说：“帝国的各位精英们，帝国的荣誉和称霸就靠你们了。地球要归我们统治，推广我们的价值观，我们又不杀人，特别是不杀平民，不使用杀伤性武器，把各国的资源归我们使用，我们一定要搞成‘21’工程。将来，你们的名字将在太空和其他星球上飘扬，你们的子孙将继承帝国伟人的头衔和荣誉。你们放心地大胆干吧。”

总统和20多位专家经过意识消磁和保密箱定向意识清除，各自离开了帝国指挥部。

羔国帝国的绝密工程，在羔国安全保密的全面监控下，各项子系统工程研究和实验全面铺开。

（四）

“21”工程部署后，各个大项的子工程都在紧张有序进行。

意识存储库工程，由詹姆斯负责。

“21”工程总管仲玉光来到詹姆斯神秘研究所。

仲玉光和詹姆斯都是意识存储库工程顶尖专家。

詹姆斯，高个头，棕黄色头发，高鼻梁，长脸，胡须挂满了脸，但刮得干净，年龄40多岁，身高1.85米，穿一身漂亮的西装。地球上最出色研究意识机器人的专家，是鬼怪天才，颠覆了人类计算机的理论。人类发明计算机，计算机主要是靠元器件和结点达到存储和计算。

詹姆斯研制的意识机器人，主要是将人脑的记忆网和记忆点通过扫描记忆刻入到一块特制材料上，然后注入电流血液，使意识机器人具备人脑的功能，并比人脑的容量大几十倍，这种人脑存储器，装上喇叭就能发声，装在其他动物上就有人脑一样的功能，装在其他的物件上也能像人脑那样发挥作用。

詹姆斯介绍，这项工程分为6大部分：材料系统、扫描存储系统、刻录系统、接收系统、意识存储与蚊子的大脑融合系统、意识存储与蚊子实现同步功能和控制系统。每一样系统都是人类从没有研究过的。

詹姆斯的母亲是一位黄种人，叫神露。据说，神露18岁时上一座神秘的高山挖草药，朦胧中看到一个神仙，站在自己面前，突然，一阵狂风乱刮，神露身上的衣服不翼而飞，瞬间失去知觉，醒来时，衣服垫在身下，光光的身子，只听见远处传来笑声。娘子，你已经得到了上帝的种子，你的儿子是这个地球上第一个由外空人生下的神童。

神露吓破了胆，感到碰见了鬼。她赶紧穿好衣服回家。

没多久，神露真的生下一个男婴。这个新生命的皮肤会随着光和温度变化，一会儿白色，一会儿红色，各种颜色变幻无穷。詹姆斯10岁的时候就通晓地球上各种语言、文字，懂得各种知识，无论什么人问他，他都懂。

詹姆斯不但皮肤会变化，身体也能根据光、热伸缩和膨胀，热冷对他没有什么感觉。

詹姆斯的意识存储研究需要准确识别敌国首脑的生物技术的配合。

詹姆斯正在发愁。

主管仲玉光利用主管的权力，调来羔国专门研究生物的顶尖最年轻的女科学家——秋薇。

仲玉光安排秋薇配合詹姆斯研究“21”工程。

秋薇，1岁的时候，就能认识她见过的所有的人，每次再次指认都准确无误。父母从小就称秋薇为识别天才。15岁，秋薇成了博士后，一路所读的专业都是与识别专业有关的。

秋薇，20多岁，1.7米高，一头乌黑头发，扎着两条小辫子，弯弯的细眉，高高的鼻梁，大大的眼睛，颧骨与侧面的细肉通透嫩色，一口洁白的牙齿，嘴唇、嘴角和牙齿形成黄金比例，淡淡的两个酒窝格外迷人。两胸均匀凸起，虽然穿着半紧身米黄色的上衣，依然透出胸脯的美丽与诱人。胸部与腹部高低相差足有10多厘米，半身套裙显露一双细长玉腿，白色中掺和着如海水珍珠的银光，臀部在腰际间有序地隆突，是典型东方美女的杂交品种。

詹姆斯，为了人类开发意识存储科技，一直以来不谈恋爱，拒绝多少漂亮女人的求爱。被同事称为，男人的魔杖、女人的梦幻。

当詹姆斯第一眼看到秋薇时，无不被秋薇的绝代美丽所折服。

他，第一次看到这样美丽的女人，比画的女人还漂亮。

詹姆斯的心中荡起一阵波澜，心中的爱慕开始涌动。

他在想，要是秋薇肯与自己交朋友，那该多好啊！

但他一算，自己比秋薇大20多岁。

随即，在心中一抖。

异想天开。

就这样，詹姆斯暗恋秋薇随时间的推移而积累能源。

詹姆斯研究的意识存储技术急需得到特殊能源

材料的支持。

（五）

永宁，从名字上就知道从小就跟材料有关。永宁的父亲发亮是帝国的能源部长，为帝国的神秘武器biu（目前仍未有中文字），找到一种铼（Lai）的物质。

永宁，从小就喜欢摆弄与光有联系的东西。

在读小学三年级时，他做了一个小魔术。把鸡蛋放在桌面上，手慢慢抬起，鸡蛋随手抬上抬下。同学们惊呆了，都说永宁有特异功能。

后来，老师问永宁真的有特异功能吗？永宁老实告诉老师自己根本没有特异功能，他从动画和书中知道，磁铁有正负极，按照磁铁多少的比例，把磁铁的正极与负极的比例调到一定的参数时，或者磁铁的正负极在一定的范围内，就能使磁铁的吸力平衡或者打破。手吸鸡蛋，就是利用磁铁的这种作用，在鸡蛋表面涂上一层铁粉，通过磁力的正反作用，将鸡蛋拉起和放下。

老师被小永宁的大智慧所折服。

永宁研究能源的兴趣比读书更痴迷。永宁在读初中时，发明了一种温度发光石。永宁找来荧光石料，将荧光石料与含有射线和随温度变化的材料掺和在一起，按照比例合成发光石。这种发光石在一定的温度下可以发出耀眼的光芒，温度越高，发光石越亮，特别是在冬天烤火时，发光石放在火炉边，由于火炉的温度高，发光石就越亮，发光石发出的光足可以看书。

永宁不断反复探问老师和同学，宇宙是物质的。哲学家有各种解释。唯物论者认为，世界是物质的，物质从来就有的，物质没有起源，这话等于没有说，因为，唯物论者无法探明和说明物质的起源。唯心论者认为，世界是上帝创造的。上帝一挥手，就创造了世界。但人们问唯心论者，上帝是怎么来的。唯心论者与唯物论者的答案一样，上帝是从来就有的。

永宁无法理解这样的说法，认为，唯物论者和唯心论者的理论都存在致命的缺陷。因为，唯物论者和唯心论者都无法解释宇宙和物质的起源。

永宁感到，在人类还未揭开宇宙和物质的神秘面纱前，唯物论者和唯心论者就提早下了结论。随着人类认识和科技的发展，总有一天，人类可以认识和探明宇宙和物质的起源。

永宁认为，人站在一点上，看到的是六维和十二维。但在整个宇宙中，宇宙是无维的，宇宙没有上下左右前后，没有东西南北，宇宙是一个无边无际的，是一个无维的无限空间。

同样，物质的起源也是神秘的。在宇宙，这么多的物质从哪里来，能够产生这么多的星球体，所以，宇宙和物质的起源在当前来说，应该说是无知论。

一直以来，永宁潜心研究和寻找一种永恒的能源材料。

他经过反复研究，认为宇宙间有一种叫铼的物质，这种物质与其他物质混合在一起提炼，能够将铼与铀、金、银、铜、铁混合，产生的新物质强度、韧度增加100多倍。更为厉害的是，铼与原子结合裂变，比一般的原子、中子、粒子的裂变高出300倍的功率。比如，一颗200万吨当量的原子弹，铼与它结合后，能够产生6亿万吨当量，一颗铼弹足可以摧毁5万平方公里地面上所有生物和植物，中心区产生的光和热和射线能够深入地面10米以上。

永宁专家介绍说，永恒能源材料，是一种能与肉体、血液、意识、金属、时间、空间融合的永远不会损耗的物质，它1毫克的能量相当于原子能量的5000倍，用1毫克这种物质可以满足“21”工程一只蚊子飞行50年，只要有光和热，这种物质的能量永远不会消失。这种物质的名字叫Lui（暂无中文字）。

Lui在哪里找？已推测，在2万米海底、太阳、火星和月球的10米深层有可能找到。

“21”工程的启动，引起多国特工嗅觉。他们在通往帝国指挥部的道路上揣测，帝国一定有重大的阴谋。

（六）

通往帝国指挥部的必经之路。

山花烂漫，山丘蜿蜒，潺潺流水，树木与山花交映，阳光从树缝中透过来。

装扮成游客的男男女女，有的手持一朵小野花，有的手牵手，有的在拥抱亲吻。这些人都是地球上最发达国家的情报探手，他们正在刺探进出帝国指挥部的车辆情况。这些情报探手从汽车的数量和档次推断，帝国一定有重大的讨论和决策。

在丘陵最高处，一对头发金黄色的情侣正用6000万像素的手机定向拍摄进出的每一辆汽车。

这对情侣，男的叫库卡宁，女的叫柳娃娃。他们一回到大使馆，马上对进出帝国指挥部的20多辆汽车定位筛选，查找汽车的单位和头人。

通过召开紧急会议，分析研究，终于找到每一辆汽车参加这次会议的人，然后，再实施攻破，获准这次会议的情报。

很快，20多辆汽车的所在单位、负责人均被一一找到。

柳娃娃专门负责永宁的情报刺探。

柳娃娃从各种情报中得知，永宁是帝国能源研究与情报所所长，帝国最杰出的能源专家，帝国核心保护人才。

永宁，1.65米个子，秃头，大鼻梁，两眼炯炯有神，眼珠突出，珠仁白色带蓝光，两眉粗黑，眉长过眼角。嘴角与眉头常绷紧，极少言笑。手毛粗黑且长，略有驼背，经常穿一身不起眼的夹克风衣，快步走路。从永宁的脸色一眼就可以看出是黄种人与白种人杂婚的后代。

柳娃娃开始实施情报刺探计划。她装束自己，首先去找帝国能源研究与情报所。

她漫无目的开着汽车乱逛。

车上装着上次拍摄的汽车资料定位仪。这种定位仪能够对拍摄的汽车外形、颜色、外壳的成分进行扫描和定位，探测距离在1000米左右，一旦发现目标，定位仪就会发出警报。

十多天过去了，柳娃娃别说找到永宁，就连上次进出帝国指挥部的那辆汽车都无影无踪。

柳娃娃万分沮丧，不知如何找到线索。

她在想，这么重要的人物，肯定不会在帝国能源研究与情报所上班，一定会有另外秘密办公地点。

柳娃娃找来全城的地图，对能源单位逐一排查，确定重点查找的单位。

果然不出所料，在一个荒野的郊外，有一大块农田，田中央有一栋房子。房子前面停放着5辆汽车。

这个时候，汽车上的定位仪发出了警报。

柳娃娃万分高兴。但她一看，汽车虽然是上次看到的一样的汽车，但车牌不对。兴奋中柳娃娃摇了摇头。但她坚信，院中的汽车就是上次进入羔国指挥部开会的那辆汽车。

虽然车牌不对，虽然没有看到有永宁模样的人，柳娃娃一定要搞清这栋房子中的人是干什么的。

汽车进进出出。柳娃娃对进出的人逐一拍照。

眼前一亮，头上戴着一个小帽子的背驼人出现在大院内。柳娃娃暗暗狂喜，终于找到了“猎物”。

柳娃娃整整跟踪7天，掌握永宁的进出规律，准备实施第二步计划。

（七）

总统布克玛时刻挂记“21”工程。为了躲过耳目和新闻记者，他偷偷带着2名保镖，从总统府地下通道溜到地面，坐上防弹民用汽车左转右拐，然后，将车直接开到陆军总司令部。

哨兵高度警戒，立即把车拦在大门前。

突然，哨兵腰间的指纹警报响了，显示：0001号。哨兵知道，这是帝国最高统帅的信号。

哨兵放进放出的汽车，都是凭借腰带指纹信号给予放行的。

哨兵反复疑问，为什么统帅会没有通报就来，为什么统帅只坐一辆汽车且是民用的。哨兵不敢马虎，立即拿起地埋红色电话。这是最紧急情况才可用的。

值班官一看红色报警电话，马上问明情况。

值班官也大吓一跳，马上向陆军司令皮卡报告。

司令皮卡来不及穿上军装，连鞋都没有穿，跳上车就叫司机快速开车到司令部大门口。

司令跑步来到民用汽车前，总统保镖把汽车门降下一小缝，司令探头一看，果然是自己的四军统帅布克玛。

司令挥手叫哨兵马上打开指纹电动大门。随即，军车和民用车进入陆军最高指挥中心。

布克玛和皮卡寒暄几句话后，立即到蚊虫研究中心。

这是一个地下实验室。研究人员全部穿着蚊虫衣服，墙的四周挂着大大小小1000多种各式各样的蚊子。各种各样的仪器摆满中心，20多个研究员正忙碌着。

生物融合技术研究实验室主任、羔国最杰出的蚊虫专家查丽丽向总统报告蚊虫研究情况。

查丽丽，30多岁，典型西方美女，身材和脸部如画中的美女。无论是看脸还是看身，从正面、侧面、后面看，女人是惊叹，男人是想入非非，情不自禁，如蚂蚁叮身热辣。无论什么男人，看了查丽丽都会应答与她交往。

总统布克玛在第一次研究决定“21”工程时看到查丽丽后，这次是近距离欣赏查丽丽。

总统为“21”工程第一个来到生物融合技术研究实验室，从内心来说，一半是为了看查丽丽，一半是为了“21”工程的推进。

查丽丽汇报了生物融合技术工程的进展。

目前，集中了羔国所有蚊虫生物研究顶尖专

家，寻找了地球上1000多个蚊子品种，对蚊子的体积、基因、血型、构造、负荷量、颜色等进行逐一研究。

查丽丽说，下一步，将着力对蚊子进行杂交，生产出能够耐80度高温和耐寒零下60度的新蚊种，同时，力争杂交的新蚊种身上腹部有一块搭载永恒能源材料的平台。

由于蚊子的头部细小，因此，杂交的新蚊种的头部需要有一块搭载意识存储库的头部平台。

查丽丽说："生物融合技术工程是整个'21'工程最为艰难的一项子工程，需要5年以上的时间，请总统一定不能着急，相信生物融合技术的所有研究人员一定会全力以赴，争取早出研究成果。"

总统点点头称赞，但眼睛一刻也没有离开过查丽丽的脸和身，特别是眼珠在查丽丽的胸部上下转看。

总统布克玛在离开时，握着查丽丽的手久久没有松开，最后在乘民用车离开陆军司令部时，总统的眼睛仍然对视着查丽丽。

（八）

动力专家，皮动川，正在一个失重的飞行技术空间做飞行试验。

他把一块隐石绑在一个飞行器下面，把一块阳石绑在飞行器上面，开动空间磁场检测仪，推动飞行器在轨道上下、左右、正反飞行，检测飞行时的磁力、引力、正力、反力、压力和旋转力。

皮动川，羔国宇宙空间和动力的独一专家。

皮动川小的时候在火山岩玩耍，有一天，火山喷射，熔浆喷出，这时，突然从太空掉下一块隐石，隐石与熔浆恰巧碰在一起，砸在皮动川的后脑勺，皮动川的头后脑被砸起一个大包。奇怪的是，皮动川的头没有受伤，也不痛，慢慢地，皮动川的头接受来自地球深层熔浆和太阳隐石元素的融合，脑的容量和神经元特别与众不同。

皮动川认为，在飞行器飞行时，如果地心的引力和太阳的反力能够达到平衡，飞行器就能在地球表面自由快速飞行。

皮动川就是要根据自己的理论和研究，制造出能够协助蚊子飞行的无地心吸引的飞行器。

要解决无地心吸引的飞行器，皮动川对研究天才们说：

“关键有三点，一是找到隐石；二是隐石与地球上特有的物质结合提炼，产生一种目前地球上还没有的射线，叫biang（目前无中文字）的射线；三是飞行器与蚊子的结合。”

研究员旦旦给大家介绍，biang的射线达到一定的强度后，能够产生强大的磁场效应。

按照设想，一根如头发细的biang射线，可以承受100斤的物质对地心的反作用力，同时，能够对太阳光有1000斤的吸拉力，即使在没有太阳光的情况下，biang射线也有强大的吸拉力。这样，蚊子在飞行中就可以不受地心的吸引力和太阳的反作用力影响，如真空飞行。飞行的速度可以达到每小时2000公里。

皮动川在寻找biang射线的同时，一个敌国特工的更大阴谋在实施中。

（九）

柳娃娃加紧对永宁的情报刺探。她搜集了永宁的所有爱好，分门别类地进行研究。金钱、物质、权力、荣誉、女人，这些类别中，永宁对女人抗击力最弱。

柳娃娃精心准备自己。既不能穿着鲜艳，又不能土气吸引不了人；既不能不化妆，又不能化妆像妖艳的女人。要打扮得像高级白领，加上自己的绝妙的长相和身材，永宁一定能够上钩。

她开着自己的私家车，在永宁的实验室5公里的丘陵高处用200倍望远镜盯住永宁坐哪一辆汽车离开。

永宁非常狡猾，每天坐的汽车都不一样，在离开实验室坐上汽车后，在半路要换乘另外的汽车。

柳娃娃是天才的特工。她利用科技人员最新发明的人体扫描郎外线技术，对永宁的身体线素扫描存储，无论永宁换乘什么样的汽车，都能找到汽车上的人。

当永宁的汽车走到城郊时，柳娃娃加速自己的汽车，并在转弯处碰上永宁的汽车。

司机和永宁赶快下车。一看，美女碰得不轻，赶快把柳娃娃送到医院抢救。

过了3天。永宁突然想起，应当去看一看撞车的女人。

永宁买了一把鲜花和一篮水果，送到柳娃娃床前。一看，果然是永宁从来没有见过的最美丽的女人。永宁心动了。

永宁给柳娃娃留下了原子手机号码。

一来二往，永宁和柳娃娃成了朋友。

永宁的行为引起恙国最高情报部的警觉，他们暗中调查柳娃娃的背景，但什么也没查出来。

柳娃娃感到火候差不多了，使出所有的绝招，努力让永宁接触自己的身体和占有自己。

柳娃娃在自己的身上涂上一层人体扫描素，在下体内塞入微型摄影摄像探测仪。这种微型摄影摄像探测仪能够穿透肉体，对对方的言行图像和声音全部记录。

永宁是天才之子。他的身体含有一种上帝粒子的基因。平时和一般人没有什么区别，一旦他确定要防护自己时，或者需要不将情报泄露时，他就会将自己研制的一种意识传播水喝下，意识传播水能够与自己上帝粒子的基因混合发生作用，把自己的意念和要求传给对方，使对方时刻为自己服务。

永宁之所以拥有50多个美女，都是用这种手法折服美女和收集情报的。

永宁和柳娃娃结合了。

柳娃娃兴奋得笑声无忌。她认为，从此，永宁就控制在自己手里。

交欢之后，柳娃娃感到不对。好像在脑中的天边，有一个灵魂发出尖叫：

国色天姿的柳娃娃美女，从即刻起，你要听从这位男士的召唤，因为，这位男士的灵魂已经注入你的灵魂之中，你是他身体的一部分，你生的时候，与他的生命连在一起，你死了以后，你的灵魂也和他在一起，你们两个人生死已经是一个连体。

柳娃娃光条条躺在床上，一脸的泪水止不住，没想到，搞情报，抓把柄，把身体贡献了，最后连肉体和灵魂也贡献了。

永宁拿起纸巾，擦了擦柳娃娃的泪水，递过一杯水。对她说：

“没关系，我们已经是一个生命和灵魂的共同体了，让我们共同努力，为羔国帝国的事业，为总统布克玛，为人类将来不会死更多的人，我们共同努力。”

永宁介绍了自己寻找一种Lui的物质的艰辛和难题。

他介绍，要在2万米海底、太阳、火星和月球的10米深层找到Lui这种物质，目前最有可能的，是在2万米海底。当前，口国已经掌握了深潜7500米的机器人技术，但羔国还没有掌握。要尽快搞到口国的深潜机器人的技术，羔国要在5年左右制造出深潜2万米以上的机器人，寻找Lui这种物质。

他接着说，据羔国帝国的情报掌握，口国还没有意识和灵魂传授技术，不会像我那样，把生命的元素和上帝的旨意以及灵魂传给你，所以，你可以使用一切手段，包括美人计等伎俩，折服口国深潜机器人技术专家，为我所用。

柳娃娃点了点头，泪水仍然止不住……

（十）

地角超，羔国通信专家和天才。

他正在一个地洞实验室做全新信号实验。

在一个模拟的地球模型上，地角超的助手，把一滴强磁信号发射到模型上，然后，在球的任何一点上测试信号的情况，检验通信的全新理论。

人类发明了信号和通信。开始是有线，后来，发展到有线、无线、有线无线混合。当前，最先进的通信，是利用卫星的转播，在太空与星球之间沟通。

这种全球通需要30多颗卫星，且受各种因素破坏和干扰。

“21”工程，作为蚊子的载体，在空中十分容易受到干扰，无法确保攻击任务的进行和实现。

“21”工程的通信，必须有全新的理论和全新的通信形式。

地角超的思维和灵感来自地感效应。

地角超，1.4米高，头与身体连在一起，没有脖子，转动时脑袋与身体一起动，全身长着黑黑的毛，脸上也布满了黑毛，鼻子往上翘，牙齿露在唇外，一只手长，一只手短。据抽检他的血液分析，他的血液有一种成分目前无法判断，他的血是蓝色的，他的大脑有一块密集的纹路，且不用血液供应。

人类学家研究，地角超的身体部分功能，有一部分保持了100万年前猴子的天性，有一部分，超越了目前人类50万年后的成分和基因。

地角超的思维方式与人类完全不同。

他认为，地球是一个磁场体和通电体，地球的阴极可以在任何的地上、地下通信。通信不需要正极和负极，将来的现代通信只有阴极或者阳级（单极）就可以实现。关键是要把地球分散的阴极磁场和脉冲通过一种敏感的无损耗的射线，叫伽线来实现。

当伽线在地表面接点时，地球任何地方都能接收到。

要找到伽线，就要研究物质的起源和当今什么物质含有伽线。

地角超正在利用灵感的天堂，想象外太空的物质构造，寻找地球上各种物质，实验伽线。

（十一）

詹姆斯，正在为研究意识机器人紧张有序进行攻关。

时间不知不觉已经过了两年。

在各项子工程攻关的同时，詹姆斯正在做一项人体实验。

在一个仿制的人脑实验空间，布满了120亿个类似人脑的神经元，将神经元的结点用光波连接起来。实验室躺着两男两女，头上、胸部、手脚都连接上一种特殊的神经导电体，四个人都吊着一种营养剂和梦幻催眠药，要躺着一个月不醒。在一个月的时间里，大脑的各种活动，包括知识、回忆、梦幻、想象、活动的轨迹、要求、情感、罪恶的出现消失、基因变换、生理反应等，通过神经导电体直接无损耗传送到每秒10万亿次的计算机的存储上，在计算机上，对知识、回忆、梦幻、想象、活动的轨迹、要求、情感、罪恶的出现消失、基因变换、生理反应以及混编产生的各种数据进行分类和综合，寻找意识的产生过程和存储的轨迹，为意识的传递、刻录、植入找到技术要领，为意识机器人打下基础。

在人体实验的同时，另一个研究小组正紧张进行记忆物质的寻找和综合提炼。

研究专家抽取智商在150的人的血液，放到10万伏光和磁的容器中提炼。

据说，智商高的人的血液能够提炼成金刚钻。

研究小组将血液与非常珍贵的外太空落在地球上的陨石和天然的金刚钻石一起融合提炼，形成高碳同位高密记忆材料。据一些心灵天才专家感悟，梦中发现的这个合成材料，有记忆功能，研究专家正试图实验，寻找到可以意识记忆的特殊材料。

另一组研究专家，寻找各种动物进行实验。

记忆存储芯片与动物如何融合，融合过程有什么反应，结果如何，专家正在忙碌。

他们找来鸡、鸭、鹅、猪、狗、牛、羊、鸟等几十类动物，把合成的具有一点记忆功能的特殊材料在动物的头上进行实验，研究各种动物的生理反应，为下一步对蚊子的实验提供依据。

（十二）

“21”工程已经有三年时间了。

帝国总统布克玛十分重视，除了亲自到每个项目视察、指导和支持外，还经常召集部分专家研究。

布克玛出了一个嫂计，他要找一个谁都不知道的地方，把研究的专家，老男少女和各色奇奇怪怪的天才招在一起，看看各路神仙的研究成果，顺便也尽情地放松欢乐一次。

羔国最高情报部门正在寻找偏僻无人的大型山洞，终于，在离首都100公里的一个丘陵山地，找到了一个天然的大型山洞。

情报和总统服务人员，利用1个月时间，把山地布置得舒适迷人，可研究，可工作，可娱乐，可生活，可住宿，应有尽有。

总统坐着军用直升机来了。在山洞的周围50平方公里，四军的保卫战已经开始，确保天上、地面、地下的绝对安全。

各路研究专家和天才，有的乘民用直升机，有的坐防弹汽车，分批次陆续来到聚会的山洞。

“21”工程总管仲玉光对在场的人说：

“总统和各位天才，今天，我们这个溶洞场，就是一个角逐场，把你们的十八般武艺都亮出来，让总统看一看。”

第一个登场的是能源专家和天才，永宁。

永宁带着53位绝代美女，个个美女都让人一见醉倒，无法自拔，倒在石榴裙下。

在场的总统和研究专家个个目瞪口呆，不知道永宁想干什么，生怕帝国的情报泄露。

永宁表演首度开场。

永宁说：“总统和各位，这53位美女都是我的研究成果，我心里想什么她们都一样知道，我要求她们干什么，她们都会100%做到。”

“我的情报研究和寻找Lui的物质，很多是靠她们完成的。”

“下面，我表演一下给大家看。”

“我心里想什么，这53位美女就知道什么。”

你看，她们都在纸条上写着同一样的问题。

太神奇了，总统就是不信。

布克玛叫永宁到身边来，对他说：“总统都要她们。”

永宁在内心活动转为意识后，53位美女在白纸上一致写着：“总统都要她们。”

总统真不敢相信永宁的神奇意识传输。

总统真希望，今天晚上，这53位美女至少有

2~3位属于自己。

詹姆斯，意识存储库工程顶尖专家表演了初步研究的意识存储模块。

詹姆斯的助手，把一块2厘米的模块放在盒子上，接上特制金属导线和一个小喇叭，加入蓝色的混合血液，操作遥控器，模块慢慢从盒子上冒出一股白云青烟，小喇叭开始说话：

“总统和各位研究专家天才，我是初级意识智能模块，我可以与你们简单对话。”

总统问：“你有意识吗？”

模块说：“我有简单的意识，以后，你们对我的研究进入顶尖时期，就比你们人的大脑还厉害了。”

总统又问：“你愿意为我们帝国服务吗？”

模块说：“总统的意识给我，我就会为帝国服务。”

在场的人员一脸震惊。

羔国宇宙空间和动力的独一专家，皮动川。

他拿出了刚刚研究的成果，在展示。

一块半斤重的合成材料，放在一个桌面上，一名研究人员拿着操控仪器，一按按钮，合成材料从桌子上慢慢升腾起来，悬在半空。

研究人员介绍，这是合成材料对地心的反作用力形成的结果。

研究人员再次按动按钮，溶洞上挂着的松散电线，慢慢地从上部往下拉。

研究人员说："这是合成材料通过发射的拉力磁线，将电线从高空往下拉。"

皮动川说："我们研究的合成材料，暂时名叫推拉，即可以向地心的方向推力和向空间方向拉力。这种物质具有biang物质的成分。"

"今后，我们关键是要尽快找到biang物质的天然石，再进行高强度、高密度的压力提炼。"

那些美女们顶不住了。她们在吵吵嚷嚷，时间都过了2个小时，尽是这些无聊的研究，美女们需要娱乐。

总统也发话了，朋友们，大家休息一下吧，大家都享受一下美女们。

音乐响起来，男的找到美女，女的上前搭肩。溶洞的地面高低不平，男女伴随着舞曲时而松开，时而抱紧，有的男主角紧紧搂住美女。

总统这个时候已经忘掉了生物融合技术工程专家查丽丽。查丽丽虽然风姿绰韵，但比起那些20多岁的国色天香美女来说，就像一块豆干与一块豆腐。

查丽丽只好在大厅的一角摆弄自己的研究成

果。

音乐停了，研究展示继续进行。

地角超，羔国通信专家和天才。他展示在地表面用单极进行通信的成果。

地角超的助手，打开研究仪，将一条电线插入地下，在溶洞的100米远的溶壁上，接上一根电线，地角超的助手开动仪器，请总统布克玛接听。

布克玛把一根带点的颜色变幻无穷的针放到耳边，就听到地角超讲话的声音。

布克玛感到无比的神奇和厉害。

地角超接着介绍，这是叫作强化地表面弱电和射线的单极原子通信，现在还比较弱，当功率达到一定的时候，单极原子通信就实现了，整个地球就可以随时随地实现通信功能。到时蚊子“21”工程就能使羔国在全球的通信畅通无阻。

与会的男女幸福了。他们玩了整整两天。

总统办公厅主任白忙戏宣布，这次会议到此结束。

为了保密，所有的人员包括总统都必须接受消磁、消声、消意识、消记忆、消人际交往与情感的过滤照射。所有的人出门后，在这两天的活动都会被强制彻底忘掉，出溶洞1小时后，来这次活动的半路所有记忆也不存在，老男与少女之间的所有玩要，包括发生的两性肉体关系也不会有记忆。少女经过过滤照射，也不会怀孕。之所以敢把这么多少女带来，又不会泄密，就是因为有过滤照射仪。

白忙戏对大家说："请大家今后放心研究。"

（十三）

什么时候有矛，就什么时候有盾。

"21"工程总管仲玉光来到蚊子隐形实验室。

仲玉光介绍说："'21'工程总有一天会被人知道，就是敌国不知道具体的内容，但敌国也会千方百计保护首脑。将来，实施蚊子攻击，要考虑敌国的生物、农药、探测金属仪，以及空中、地面对蚊子的侦察、防护和各种打击。"

"蚊子不但要能空中飞，还要能地上爬，水上钻，特别是能在下水道内爬动和飞行。"

“要实现这样的目的，最主要的是要有隐形功能，做到任何时候敌国都不知道。出其不意，攻其不备。”

“现有的隐形技术，主要是通过材料与涂料的配合，使磁性与光波隐蔽，让探测的雷达、磁性、光波无法捕捉。”

“实现蚊子的隐形，核心是使蚊子的生物和金属的磁、光、射线等各要素能够与环境融为一体，产生共鸣，使敌国无论采取什么样的技术都无法探测到蚊子武器。”

仲玉光的助手举例介绍。

比如，蚊子武器在天空飞行时，蚊子武器与一般蚊子的生物频率是一样的，敌国无论采取什么样的搜索仪器，都无法探测到一大群蚊子中哪个是真正的蚊子武器。

比如，蚊子武器飞到树上、墙上、地上、木头上、石头上、花上等任何的环境中，蚊子武器都能随时与周围的环境频率保持一致，这样，敌国再先进的探测仪器也无法辨别。

还比如，蚊子武器从水管、水中，从人体的皮肤上行走和实行叮咬攻击，蚊子武器的频率也能随时变换。

可以说，蚊子的隐形就像百变金刚，随时随地变换频率，从中达到隐蔽自己的目的。

隐形专家探无照，是帝国制造世界上顶尖隐形飞机和各种武器的1号专家。

探无照，1.9米的高个子，光头，一脸黑沉，一边耳朵长，一边耳朵短，两眼放光，能够看到10公里外的一个鸡蛋。一双手十个指头全部被切断。

据说，他在研究和实验隐形材料时，加热的电磁力器突然漏缝，强力磁线瞬间切断了十个指头。然而，他没有任何感觉，没有痛苦，等要用手抓东西时，才感觉没有了手指。

探无照说："要实现把蚊子变成隐形百变金刚的愿望，使其随时随地变换频率，关键是要寻找一种能制造随时随地变换频率的超微型磁场的材料，同时，还要有探测环境的控制系统。满足了这些主要的技术要求后，隐形技术就有望实现。"

（十四）

秋薇，口国人。她从小的天才被羔国的特工发现。羔国用1000万美元把秋薇全家移民到羔国。

秋薇从小接受反向的学习和教育。如一般的孩子，首先告诉他，要认字、发声、遣词造句、熟读、写文章。秋薇的教育，首先告诉她，什么是天，地从哪里来，为什么叫人，等等。所以，秋薇从小就学会了反向的学习和思维。

这个羔国最年轻的识别专家和天才，已经发明了指纹识别技术、眼球红外线识别技术、人体线素识别技术、声纹识别技术、人体唾液识别技术、血液识别技术、心灵识别技术、大脑线素识别技术等多项识别发明创造。

秋薇目前要研究的是蚊子对敌国首脑准确无误的识别技术。

她讲到，研究这种技术，需要考虑如下问题：

一是封闭的敌国，羔国的情报人员无法进入，无法直接取得第一手的资料；二是敌国的首脑肯定有替身；三是敌国的首脑有可能全天候罩着保护衣，不把身体任何部位露在外面；四是如何把敌国首脑在电视、互联网、纸质的图像和图片转换成原始的资料；五是识别技术如何超微型。解决了以上的问题，就有可能制造出蚊子的识别仪。

秋薇带领研究人员，首先对某敌国的首脑进行12维仿真研究。

研究团队把某敌国的首脑所有的声像、图片资料找齐，联合同盟国当今世界最快最先进的计算机，对某敌国首脑还原成仿真人，找到他的身体线素、全身每一部分的精确数据，指纹、眼纹、身纹、声纹、头发纹、肉纹、身体网络纹、习惯纹、生活爱好纹，等等。

秋薇对帝国的识别技术不断创造奇迹。

（十五）

柳娃娃按照永宁的计划，正到口国刺探7500米以上深潜机器人的情报。

口国，古老、文明、美丽。口国人传承了东方人特有的聪慧、厚道、秀气和美感。

柳娃娃以商人的名义，已多次来过这个生机勃勃的国度。她的到来，并没有引起该国情报部门的警觉。

她已经知道该国设计7500米以上深潜机器人的总设计师和关键设计人员情况。

她做着与深潜有关的商业和生意。

她知道，靠她自己亲自出马去获取情报是不可能的，因为，口国对外国人特别是美女十分敏感，时刻都提防着。

柳娃娃想尽千方百计，终于找到做深潜材料的口国商人，叫一点丽。

一点丽是专门做深潜材料的，她不但在发达国家通过转口国进口特殊材料，也通过特殊渠道搞到羔国的一种涂料。

柳娃娃与一点丽多次来往，交上了朋友。

一点丽在与柳娃娃的生意中赚了大钱。她对柳娃娃说："父母给安的名字，希望我长大后能够有一点美丽和一点小利就可以了，把利当作丽。没想到，认识和柳娃娃做生意赚了大钱。"

柳娃娃暗自大喜，感到事情有了眉目。

经常地，一点丽有时间和饭局就叫柳娃娃相陪。

军工产品是最赚钱的产业，一点丽赚钱，一靠柳娃娃，二靠深潜的领导和技术人员。生意的利润40%要拿去打点，否则，马上就没有生意做。

有一天，一点丽约柳娃娃吃饭。

一点丽向柳娃娃介绍了这个男人，名叫古刁发。

古刁发，40多岁，满头卷毛，略带黄色，早年到过羔国留学，是深潜顶尖研究专家，他的理论和实践在全球排第一，并且，制造出地球上目前最先进的深潜器。

柳娃娃从这个突破口实施情报收集计划。她知道，今次的计谋绝不能像上次对付永宁时那样。

一点丽、柳娃娃和古刁发又一次见面吃饭。

包间金碧辉煌，中西菜各有所需，XO、茅台、红酒轮着喝。酒过三巡，柳娃娃从小包中拿出一个小小的遥控器，对着古刁发连按了几次。

这个时候，古刁发蒙眬的眼睛看到的是，柳娃娃全身光着，身上的迷人让他心跳加快。

原来，羔国发明了一种特殊射线和透明的衣服。只要饮酒者喝下三种不同的酒，用特殊射线仪对着人的眼睛，被射线照射的人，就能看到穿特殊衣服的人的身体，跟没穿衣服一模一样。

女人身体的美丽是男人无法抵抗的魔咒。

古刁发情不自禁每周约柳娃娃吃饭，已经不邀请一点丽了。每次吃饭，柳娃娃在喝了一点酒后，就实施按钮计划，让古刁发一个晚上不能自拔。但是，柳娃娃就是不同古刁发上床。她要实施刺探深潜计划。

终于，柳娃娃开始行动了。

她让古刁发拥抱和亲吻。柳娃娃的口水含有永宁的遗传色素，同样，也能对古刁发有弱意识的传递。

柳娃娃问古刁发，你们制造的7500米以上的深潜技术关键在哪里？

古刁发答，我们发明了一种全球独一无二的理论和技术，那就是，在潜艇器的内部和外部，产生一种与海水相变化的压力磁场，在海底无论多深，潜艇的内部和外部与海水的压力都能够随时变化，即使是在2万米的海底也随海水的压力而变化。我们正在制造2万米的深潜器。

柳娃娃要求古刁发把详细的技术和设计讲出来。

古刁发告诉柳娃娃，口国为了防止技术泄密，在本人开始研究深潜器的时候，就让研究者吃了永久防备泄密药。这是口国发明的全球第一款防泄密的药物，终生不能解密。

柳娃娃没有办法。但她也有关键的收获，因为，她已经知道深潜器到达深海时，深潜器内外的磁场要与海水的压力频率相一致。这为羔国帝国的研究指明了方向，为帝国在2万米深海底找到Lui物质又前进了一大步。虽然身体让人看了，摸了，亲了，但并没有失身，比永宁那次来说，是关键的胜利。

（十六）

雷探照，最早预警之父。光传芳，最早预警理论之母。他们一对夫妻，创立和制造了全球第一个简单预警仪。几十年来，羔国一直领先全球预警技术，只在最近几年，被口国的专家所超越。

雷探照认为，自然界都有预警系统。生物有初级的预警系统，除人外的动物，有高低不同的预警系统。人有高智能和高意识的预警系统。除此，自然界，星球之间也有预警系统。可以说，没有预警系统，自然界、生物界、动物界就无法在规律中运行。

“21”工程，实施蚊子武器攻击，预警系统是不可缺少的重要一环。

由于蚊子的细小性、隐蔽性、机动性、灵活性、不可操控性等特性，就是敌国发现了这一工程，敌国要防备的范围也会很巨大。

现在，雷探照与光传芳又领衔“21”工程的预警系统。他们感到压力无比空前。

过去的预警系统只有单一的预警，那就是针对雷达波、热能波、金属波、水纹波。

“21”工程是综合的预警系统。

雷探照与光传芳要颠覆自己过去所有的预警系统理论和实践。

他们着力考虑：

药物预警。蚊子是生物，特别害怕各种药物的喷杀。如果敌国发现了“21”工程后，一定会在他们的首脑周围布下各种药物，严防蚊子武器，因此，“21”工程要有对各种药物探测的功能。

荧光预警。蚊子对荧光具有天生的亲近感，敌国一定会布满荧光扑杀网。

血液预警。蚊子喜欢吸血，同样，对手一定会布满血液让蚊子自投罗网。

动物预警。比如，蝙蝠就喜欢吃蚊子，这有可能被用来严防和消灭蚊子。

波波预警。在敌国首脑的周围，发射电磁波、光磁波、风磁波、热磁波、冷磁波等各种波波，“21”工程都必须有这方面的预警。

雷探照与光传芳夫妇，正和研究团队发明一种万能探测波，可以对各种设防和各种情况进行有效预警。

（十七）

詹姆斯，研究的意识存储通过两男两女一个月的实验，取得重大进展。

意识存储库拷贝了两男两女在一个月的知识、

所思、所想，但意识存储库并没有拷贝到两男两女过去、将来的情况。也就是说，意识存储库还没有人大脑的功能，或者说，人的意识还不能拷贝到意识存储库上。

詹姆斯对研究人员说：“目前，全球最强大的计算机都无法实现这一功能，况且，‘21’工程要实现的是超微型智能芯片，说明，从这个方向研究和攻关已无法突破，必须另找途径。”

詹姆斯的研究团队还是从最初的设想中找到关键。

整个团队在前期全力寻找和研究记忆存储材料的基础上，各出奇招。

黑精灵，小小的个子，上半身是黄色和白色皮肤，下半身是黑色和红色的皮肤，眼睛长在脑门上。据说，他的祖辈是4种猴子的基因合成。在久远的年代，一位母猴在同一时间被4种不同颜色的公猴欺负，后来，母猴就生下一身有4种不同颜色的猴仔。也许是因果关系，冤换德，一身有4种不同颜色的猴子一代传一代，越传越聪明，黑精灵就是他们的后代。

黑精灵说，我们已经寻找了地球上所有的物质，原子、中子、粒子、微子、R子，都没有找到具有高浓度的存储记忆功能的材料，说明，我们要反向思维，另辟蹊径。

黑精灵提出，要将空气压缩成超微型模块。

宇宙、空间、星球、地球、太阳、水、空气、云彩、射线、引力、生命，等等，都是自然界的神奇。

人类还没有任何将空气压缩成模块的想法、理论、研究和实践。

生命离不开空气和氧气。

空气看不见，但它有质量，有体积，有功能，有射线，还有人类不知道的功能在其中。

黑精灵的想法得到詹姆斯和研究团队的一致肯定和好评。

他们马上进行空气压缩模块的研究和实践。

（十八）

地角超，研究地球单极通信正在取得重大突破。

地角超和他的团队，利用各种技术，对地球的单极进行各种各样的实验。由于地表的阻力，就算强大的单极功率在地表进行通信，最长的距离也只有10公里。仅这一项的研究就花费了1亿美元。

地表通信研究陷入死胡同。

地角超安排研究团队20多名专家放假，可到世界上任何地方玩耍。

这些人，一个也没有去玩。他们采取同一个行动，找来帝国研究梦幻的专家，让20多人吃同一种梦幻联想迷魂药，在药物中加入营养素，在一个特制的梦幻联想罐中沉睡一个月。在一个月中，不管实验梦幻联想的研究人员排泄的大小便，让他们的臭味与梦幻联想和迷魂药交织在一起，有的男女还光溜溜地拥抱着睡在一起，每个人的头上和身上都有电脑的连接和记录，看一看这些人在一个月的梦幻中有什么共同的特殊规律，从中破解地球通信的难题。

一个月时间过去了。

20多个研究人员在梦幻中的信息全部收集在一

起，利用羔国最先进的计算机对全部的信息进行分类和综合。

通过分类综合，研究人员发现，这20多个人在睡梦中想同一个地球的通信时，脑部的电流波和活动的磁场波是高度一致的，直线、弯线、高处、低峰值全部一样。

地角超真是天才，他马上意识到，只要有相同的意念，在同一个问题上有强烈的意念就能产生相同的电流波和活动的磁场波。

地球是一个导电体，在地表面有强磁场，一定可以找到办法。

现在，关键是要找到地球表面磁场共振的频率，也就是说，在各种变幻莫测的频率中，找到一种共频。这种共频存在于地表面的任何一点，只要与地球相连的一点都是有共频的。

这种共频信号在地球的任何一点上，信号的大小、强弱都是一样的，这样，整个地球不用发射信号，就能利用共频传输信息。

根据实验，当两个人对某一意念和问题高度雷同时，两者的脑电波和磁波就发生重叠，可以相互传输信息。

现在，关键就是要找到将来的帝国总统和蚊子武器两者以及与地表面电波和磁波相一致的频率，使三者的频率吻合，使总统发出的意念、问题、信号与地球表面的频率一致，同时，蚊子攻击武器也能有一样的频率接收，并实施攻击。

（十九）

“21”工程研究了几年，各项子工程进展已过半了。总统布克玛时刻关注着。

上次，总统搞了个野外聚会，这次，总统不能再搞那样的聚会了，一来怕泄密；二来招风，怕被国会议员知道后，乱闹一场。

总统决定，搞个各个研究项目PK，一比高低。

“21”工程总管仲玉光，把规则发到各个项目组，要求在规定的时间，搞出最有创意和最有用途最有天赋的金点子。然后，组成专家组，进行评议。获得冠军的，奖给时间和空间10年，获得亚军的奖给时间和空间5年，获得第三名的，奖给奖金1000万美元。

各研究小组把总统的倡议当成当前最重大的任务，集中所有人才，出谋出招。

永宁小组：

他们的项目是寻找2万米深海的Lui物质，为“21”工程提供特殊的材料。但到目前为止，深潜2万米以上的深潜器还没有眉目，只是搞到了口国7500米以上深潜器的设计理念和方向。帝国正在进行2万米深潜器的图纸设计，能否在2万米深海找到Lui物质还不知道。

永宁研究小组提出，开发一种水波照相的探测仪。

传统的照相，是利用光波、红外、紫外进行照相。

海上有水，水是有波的。找到水波的原理，把水波转换成光波和物质回声，就有可能找到Lui物质。

水波无论深浅都不受影响，水波照相机转换的图片，水深水浅图片都一样清晰。

詹姆斯意识存储库研究小组：

他们对意识存储花费了大量人力、物力、财力、精力，但是仍然无法找到最便捷、最有效、最微小的意识存储器。

他们从动物的实验中得到启发，只要有灵敏的存储材料，就可以直接将存储材料嵌入总统的大脑头皮，然后，在特殊仪器帮助下，通过一个月左右的时间共融，总统的意识就有可能完全复制到存储芯片上，为蚊子工程整合起到关键作用。

查丽丽的生物融合工程小组：

查丽丽的生物融合研究工程小组在对上千种蚊子全面研究后，也还没有基因合成新的蚊种。

这次大赛，查丽丽设计了新的方案。

就是将蚊子的血与总统的血相互融合，将总统的意识与蚊子的基因相互发生作用，使蚊子具有总统的血型和总统的意念，为将来蚊子与总统意识全面融合打下基础。

但是，这项工程搞成后，具有总统血液和意识的蚊子有可能长期伴随总统生活，就连睡眠、吃饭、洗澡都有可能紧随总统身边，寸步不离。

地角超通信工程研究小组：

地角超研究的全球地表面通信，虽然提出了意识共振和地球表面磁性共振设想，但毕竟是假设，并没有实验的结果。

地角超在大赛中设想了一种全新的理念，即地引通信的构想。由于地球有引力，在地球上的所有物质，包括在空中飞行的东西，都受地心的引力影响。在地球上，无论什么地方，无论什么时候，无论什么物质，无论什么事物，地心对它们的引力是一样的，不会因为在地球的南边或北边、东边或西边，也不会因为什么人，比如，总统或平民、英雄或罪犯，地心的引力不会因此而有所不同。

地球表面的通信就可以利用地心引力的同一性，设置通信装备，把地球任何地方的两点连接起来。

这是最简单、最有效、最前卫的现代通信理论。

皮动川的飞行工程研究小组：

皮动川的飞行研究在寻找biang射线的物质仍然没有大的突破。

他在前段时间的研究中，受到总统的批评。这次，他一定要出一口气，力争拿到那个头奖。

皮动川原来设想的寻找biang射线的物质，通过一段时间的实践，感到蚊子小，要把biang射线的物质与蚊子相容，非常困难。

他提出利用云层和太阳的光，把蚊子依附在云层和太阳的光上。由于太阳是从东到西，从早晨到晚上，一天的时间，太阳照射半个地球。蚊子在云层和太阳光的浮托下，半天就可以飞半个地球，这种飞行是人类以来最快速、最神奇的飞行。

雷探照与光传芳夫妇的预警研究工程小组：

这个小组在研究万能探测波的基础上，提出了一种全新的探测理论。

即意识探测仪。

人类到目前为止，已经发明了许多探测仪，探测的距离最远的可达130亿光年。

但到目前为止，还没有发明意识探测仪。

意识探测仪像心灵一样，可以探测无限近和无限远，只要心灵想到的地方和距离，意识探测仪就可以探测到。

考虑到将来的蚊子武器——“21”工程中的蚊子具有意识，并且是总统的化身，所以，意识探测仪一定能行。

具体来说，就是在蚊子的身上有一种魔咒针，当需要探测时，意识推动魔咒针发出信息，在意识针的扫描中就可以辨别真假。

秋薇的识别敌国首脑工程研究小组：

秋薇是个非常聪明的女人。

在所有的研究女天才专家中，秋薇最年轻，最美丽，性格最温和，为人最诚实，也最有智慧。

多少男专家都日思梦想与她交往。总统已经忘了查丽丽了，已多次密召秋薇去总统府汇报识别研究情况。

秋薇自己发明了一种心灵感应触电衣服。

这种衣服，能够随着穿衣者的心灵感应的电波而变化。当穿衣者对摸衣服的人心灵友善时，则衣服不会放电，当穿衣者对摸衣服的人心灵咒骂时，衣服则立即放电。

一旦男士想对她图谋不轨时，秋薇的心灵电波衣服马上放电。

每次，总统布克玛想接触秋薇时，一摸到秋薇的衣服，就被秋薇衣服上的电流猛打一下，总统脑上的兴奋和心中的快感就瞬间消失。

总统脸上当即阴云不散。

秋薇每次碰到这种情况，就明知故问："总统怎么了？"

总统只好哑巴吃黄连。

秋薇的敌国识别工程，已经研究出某一敌国首脑12维的线素图，很快就可以应用。

但秋薇说："将来，我们帝国要对付的不是一个敌国的首脑，也许有几百个，更多的是那些有影响的人物和专家，甚至对付一些恐怖分子。现在的研究方法和成本太昂贵、太耗时、太复杂。我们必须找到一种全新的识别技术。"

秋薇研究的全新理论和技术是，总统认识的人、事、物等一切东西，蚊子武器都能认识，做到像总统那样，看一眼，或听一声，或想一下，就知道哪位是帝国的首脑，哪位是替身，哪位是恐怖分子。

在"21"工程研究项目金点子比赛中，其他各个组都报送了最有创意和最奇招的理论或方案。

总统评审专家组，经过3天的评审，一致决定：送审的15个研究项目全部获得头等奖，即冠军奖。参加的每个人，可以获得10年的时间和空间奖励。

时间和空间装在一个特制的魔块盒内。当一个人最需要的时候，打开心灵密码，从遥远的外太空找来意念，时间就能够帮助延长生命，空间就能够帮助延缓衰老。

这些人大笑，因为，将来他们每个人的时间与空间的长度和宽度比总统还要多。

（二十）

秋薇的“21”工程最新识别理论与方案得到总统同意后，秋薇开始了新的研究。

她组织研究团队，收集世界上200多个国家和地区的首脑，几千个著名的科学家、专家，在政治、经济、文化等方面有影响的名人，恐怖分子头目，持不同政见者等可折服和利用的人的所有声音、图像、历史背景、爱好兴趣等资料，逐一对这些人进行十二维的还原，找到各自的特质线素，形成完整的记忆模型和记忆数据。

秋薇研究小组，为了快速完成这项工作，研究团队发明并制造了全球目前最先进的十二D打印机。

十二D超先进打印机的主要技术在于，能够对人和任何东西的外部和内部共12个方面，即外部和内部的正面、反面、东面、西面、上部、下部等十二维进行打印。这种打印机的神奇之处是，能够对人的大脑结构、网状、大脑神经元、人的全身血管、骨骼、血液流动、心脏、胃、肺、肠子等人体器官进行打印。

这样一台十二D打印机，一个小时就可以打印一个照片人的打印模型。打印出来的照片模型与实际的人分毫不差。

秋薇研究小组还正在研究氦子超先进的打印机。

氦子十二D超先进打印机最先进的绝招，是能够把照片上的人的意识打印出来。特别是，这个人过去、现在、将来有什么意识，有什么想法，有什么计谋，有什么爱心，有什么罪恶，有什么爱好，都能够通过氦子十二D超先进打印机打印在立体的一种意识存储材料上。这样，将来羔国的总统和统治团队就能一清二楚知道对手的情况。

十二D超先进打印机使蚊子武器和“21”工程的实施又前进了一大步。

氦子十二D超先进打印机研究的进展，将为人类复制不可想象的科技和意识带来跨越式发展。

（二十一）

詹姆斯研究团队提出了空气压缩理论和方案。

同样也得到了总统的认可。

他们在寻找意识存储材料的同时，把重点转到空气压缩模块上。

按照设想，要把空气压缩成存储记忆模块，需要对空气进行1万亿以上的压强压缩。进行这样的实验，首先要制造空气压缩模型。

他们进行了计算和图纸的设计。空气压缩模型，要在10立方米，即长10米×宽10米×高10米的最优质的钢锭上钻出一个孔。在钢锭的中心挖出一个50厘米的空心，在空气的进口处，设置可以顶住1万亿以上压强阀门，然后，将空气推进钢锭中心空心，不断对空气进行压缩。

钢锭与计算机的压力记录相连，不断记录空气压强的提升数据。

他们通过30天的空气压强推进，看到10米立方的钢锭在9000亿压强下，钢锭的表面已经出现皱纹和斑点，计算机也发出了刺耳的警告声。

研究团队知道，一旦钢锭破裂，被压强的9000亿压强空气，比一颗200万当量的纳米弹的破坏程度还要多5倍，即一个20平方公里的城市所有的植物、动物都要死亡。

研究小组马上停止了实验。

他们又找来钢锭生产专家和技术人员，研究制造立体20米的钢锭。

这么大的钢锭，羔国还没有生产的技术和设备。

羔国的情报人员知道，口国已经生产出立体20米的钢锭。

羔国的商人出发了，到了口国的钢锭生产商了解、洽谈20米的钢锭的交易。

口国的情报部门已经大概知道，羔国正进行蚊子的“21”工程研究，他们来买立体20米的钢锭，一定是用来研究“21”工程的，但不知道他们玩的什么把戏。

口国提出，交易可以，但是有条件：一是羔国不能对口国输出人权，不准对口国的人权说三道四；二是出口到羔国的20米立体钢锭，口国的专家要全程监督；三是要羔国的最先进的战斗机技术转让给口国。如果答应这些条件，可以成交。

羔国没有办法，因为“21”工程密锣紧鼓，拖不起，再加上，研制出20米立体钢锭不是一年半载可以实现的。

羔国只好同意了。

詹姆斯的研究小组又一次开始了空气压缩的实验。

当空气的压强达到1万亿以上时，计算机的数据开始发生变化，数据显示，空气有了一定的存储记忆物质功能。钢锭的外表出现了变幻的蓝颜色。

研究小组找来帝国最大的撬撞床，把20米的钢锭在中间锯开到三分之一，然后利用撬撞床，将钢锭两边撑开，查找空气在1万亿的压力下形成的存储记忆物质。

当打开20米钢锭的中心位置时，研究人员惊呆了，在钢锭的中心有一团似金刚钻的物质约0.5厘米左右。

研究人员马上拿着这种物质，对其进行存储记忆的研究，通过实验，这种物质有很强的存储记忆功能。

研究人员断定，空气压缩研究的路子走对了，下一步，就看空气压缩模块能否达到理想的设计目的。

（二十二）

查丽丽，羔国出色的生物融合美女专家，虽然她没有绝代佳人的识别专家秋薇那样美丽动人，但也是羔国数一数二的大美女。

秋薇的防护诡计多端，总统已经不止一次吃了亏。所以，在总统的内心世界，秋薇再好，再美丽，也只是眼上欣赏，心里滴渴，从来没有办法身上止渴。

总统又一次把目光转向查丽丽。

他叫“21”工程的主管仲玉光提拔查丽丽为副主管，协助仲玉光工作。

仲玉光不在时，总统直接召集查丽丽汇报工作。

查丽丽，美丽与青春荡漾，与总统脉脉含情，与总统的有缘交流，都被总统看在眼里，记在心上。

当然，查丽丽这样的风情万种也是为了报答总统的。因为，在“21”工程中，个个都是顶尖能手，都是在某一研究中的天才人物，谁来做“21”工程总管的副手都无可厚非。

总统选查丽丽当“21”工程的副手，对仲玉光的解释是，“21”工程需要有一个女士来担任。

当然，仲玉光心知肚明。他尽可能提供机会，让查丽丽尽可能多接触总统。

查丽丽也十分清楚，没有总统的重视和提携，是不可能当副手的。

查丽丽想，当上副手后，帝国的羔国的历史上，乃至人类历史上，她将永远留下比别人更有影响力的名字。子孙将是最光荣的后代。

查丽丽琢磨着，既不能让总统占着自己的身子，又要让总统非常快乐和高兴。

她真没琢磨出什么新招。

总统已经知道，柳娃娃已经发明了一种在特殊情况下的透视装，她就是利用这种技术折服口国的潜艇关键科研人员古刁发的。没有柳娃娃的美女刺探情报，帝国到现在还不知道深潜器在深海的频率研究方向。

柳娃娃为帝国“21”工程做出了重大贡献。

总统找来柳娃娃，要她研究一种喷雾透明药物，并进行可靠的实验，告知使用的方法。

柳娃娃不敢怠慢，她找来顶尖科技人员，终于试验成功，并只告知了总统一人。

总统开始实验了。

她命身边的助理，在空调器的出口，放上一包药物。

空调的风口就会将药物吹到整个房间。

等查丽丽到了有药物的空调房间休息20分钟后，就叫上总统。

这种药物，经过20分钟的空气与衣服的接触，在衣服上能够产生一种红外透视元素，对不管什么样类型的衣服都能产生透视作用，加上特制的红外眼镜相互配合，就可以看透衣服上的人体，人就像没有穿衣服一样。

这时，总统过来了。

戴上一副红色的眼镜，坐在查丽丽的对面。

查丽丽汇报了最近的研究成果。

她研究了各种蚊子的基因，发现蚊子之间的基因和血型有很大的不同，有的蚊子不怕药物，耐80度高温，耐零下60度寒冷。有一种体形较长的蚊子，具有强大的自我生存能力，只靠空气和阳光就可以存活两个月。

查丽丽对总统说，要破解总统的基因和血型的成分，需要总统和本人配合，需要总统的血液、毛发以及身上的皮肤组织。同时，还要做一项小实验，将一种杂交的新蚊子放到总统身上，让蚊子吸足总统的血，然后再研究蚊子的变化情况。

查丽丽一直不断地汇报研究情况。

总统一边听，一边两眼一直看着查丽丽。

因为，在总统的眼镜上，眼珠可以全部看清查丽丽的身体，查丽丽的胸部、腹部和下部，总统都一览无遗，看清查丽丽身体的每一个细节。

查丽丽并不知道总统有这样的绝招。

此后，总统三头两天召唤查丽丽到总统府谈研究项目。

查丽丽暗喜，一直以来，总统都没有对自己有什么过分之举，还一直在心中琢磨，如何让总统占点小便宜。殊不知，她每次去总统府，充满神秘感的身子已经给总统看够了。

（二十三）

永宁寻找2万米深海的物质Lui的探索又前进了一步。

他在上次的大赛中，提出了制造水波照相仪探测Lui物质的理论和构想。通过艰苦的努力，制成了水波探测照相仪，经过探测，发现在2万米的海底真的有Lui物质的存在。

这种Lui物质的射线和反射的图像，与地表面的物质完全不一样。

地表面或地下深层的物质，射线都是呈波纹状，或者直线状。2万米的海底的Lui物质射线，呈现出的是X状、口子状和※纹状，并且，这几种波纹不断变化，没有规则地跳跃互换。

Lui物质的反射图像也和一般物质不一样。通过水波照相仪探测到，Lui物质的图像呈现出变幻莫测的光怪陆离梦幻图色，具有变色龙的元素。当受到外界不同环境的刺激时，Lui物质具有非常灵敏的反应。

永宁非常高兴。

终于，找到了永远不会消失的物质能量。

下一步，最主要的是把Lui物质从海底捞上来。

与此同时，研究制造2万米深海深潜器的工作也取得了重大进展。

Lui物质具有超强的射线。

如果一个人没有任何防护，在5秒的Lui物质照射下，1分钟后，人全身的血液就会凝固，看似一个完整的人，几分钟就失去生命。

Lui物质的这种超强特性，在地球的表面和深层以及太阳、火星、月球中目前都没有发现。

Lui物质这种特性，也许是受到2万米海水的挤压，以及受到地心引力的拉力，长期相互作用和长期挤压形成的结果。

因此，如何把Lui物质从海底捞上来，同时，又不对人和环境有破坏影响，是永宁专家组必须考虑的一个关键。

对深潜器来说，就是如何使两只机器手灵活地把Lui物质装在防辐射的罐子里。

如何通过深潜器的机器手拧紧罐子盖，防止泄漏射线。

如何设计有效防止Lui物质射线的罐子也必须考虑。

因为，一般材料制作的罐子，顶不住Lui物质的射线，所以，要从水波照相仪探测中，分析和研究Lui物质的射线，从中制造深潜仪和机器手以及装Lui物质的罐子。

永宁又在发动53位附属美女，到世界各国刺探情报，为真正找到Lui物质贡献青春和热血。

（二十四）

皮动川，利用云层和太阳光的浮托，制造飞行蚊子武器的理论和设想提出后，一直密锣紧鼓进行着。

皮动川认为，太阳从星球的太空照射到地球，是一个主要的垂直直线光谱，光谱是有色温的，色温从早晨到晚上有不同的度数，太阳的色温，早晨一般是2700度左右，中午达到最高，在4500度左右，太阳下山时，色温也在2500度左右。太阳有垂直的直线线谱。同时，太阳也有横向的线谱，但横向的线谱要比直线的线谱弱。

太阳的光反射到地球后，可能有反射的作用力，这种反射作用力就形成地表的射线反作用力。

同时，地球有地心吸引力。可以认为，太阳的垂直作用力与地心的吸引力是一致的。但这两者的作用力中还有一股反作用力，即太阳光照射到地球表面后的光的反射的作用力。

如果能够找到太阳光的作用力+地心的吸引力与太阳光反射到地球的反作用力之间的差距，或者太阳光与地心吸引力两者之和与太阳光的反作用力的差距的数字准确因素，就有可能利用差距，通过另一种物质的引力，平衡临界点，使蚊子武器在空中保持零和的引力，并且，利用正反的引力，托起蚊子武器，在空中随太阳的移动而移动实现飞行。

由于太阳是从东到西，从早晨到晚上，一天的时间，太阳照射半个地球。蚊子武器可以在云层和太阳光的浮托下，实现半天就可以飞遍半个地球的梦想。同样，另一天，太阳又可以从另一个半球将蚊子武器移动到地球的另一边。

为了证明皮动川的梦想，研究小组进行了实验。

他们制作了1000米的隧道。隧道高5米，宽5米，在隧道的顶上安装了太阳灯。按照太阳的光亮和色温，模拟太阳从早到晚的活动和移动的情况，呈现太阳的实际运转情景。

研究人员通过全球最先进的计算机测算，太阳光垂直、纵向的色温平均为3500度，横向的平均色温为1600度，地心的引力为5亿度，太阳光照射到地表面的反作用力为500度。

通过计算，要取得空中的无引力需要一种物质的中和力。也就是说，5亿度+3500度+1600度的总和引力，才能满足蚊子武器浮托所需的约5亿色温的物质起反作用力的条件，只有这样，蚊子武器才可以随太阳光和时间移动。

皮动川想到了过去研究的陨石。

陨石是天外神物，在地球上基本找不到。

据说，1克陨石的价格相当于钻石价格的100倍，并且无法找到。

还据说，将1克陨石磨成粉，注入人或动物的血液里，能够预防和治疗百病，人和动物从此没有疾病，生命可以延长寿命50年。但是，世界上从来也没有人和动物实验过，就好比秦始皇当年想找长生不老药一样，从来也没有找到，是梦幻的传说。

研究小组又找来最先进的计算机，对陨石的色温进行分析。

在分析陨石时，他们看到，陨石的许多色温在当前的人类技术中还不能破解，无法搞清陨石的全部色素、色温以及其他一些因素。

但有一点，研究小组已经掌握，那就是陨石的色温可以测定。

通过测定，0.1毫克的陨石的色温在6万亿以上。也就是说，用0.1毫克的陨石就可以中和弥补太阳光的作用力不足，达到平衡的目的，同时，还能从地表的作用力中托起物质。

研究人员加紧实验。

把蚊子武器的总重量与各要素的色温算出来，进行各项实验。

通过几百次的实验后，在一次实验中，模仿的蚊子武器真的随太阳光和时间移动，并且，时间和距离一点都不差。

皮动川和20多名研究人员放声大笑，庆祝蚊子武器“21”工程飞行取得初步胜利。

皮动川说：“今天晚上放假，大吃、大喝、大唱。想干什么都行。”

（二十五）

地角超的地心引力通信理论在总统的PK大赛中得到认可后，他们抓紧评估、研究和设计。

地角超，从各个方面研究地心引力通信的可行性。

他派出各路研究人员。

首先，对地球的各要素点上地心引力进行测量。

测量各路人员到地球的东西南北以及各个经度、纬度的各点上，测量地球的引力各种参数。

通过测量，数据显示，地球的引力，虽然大致相同，但引力的大小是有区别的。

比如，在地震和火山爆发的地方，地球的引力比其他地方要大，正因为引力的增加和地球内部的挤压，引起地壳的运动和变化，最后导致地震和火山爆发。

但是，地球的这种引力的变化，不是相差特别大，如果地心引力相差特别大，那么，就有可能引起地球表面的物体吸力的不同。假如是这样，人在东西南北的行走就会不一样。

从地球各个部位的地心引力测量数据来看，地角超和研究团队认为，地球的引力通信是有可能实现的。

研究小组又就太阳和月亮的照射对地球的引力情况进行测量。

各小组根据太阳、月亮在一天中对地球的不同影响，找到了地心的引力的数据。

取得地球引力的各种数据后，研究小组开始实施第二步计划：

制造地球引力同步通信频率仪。

地球的引力是有频率的，并且，这种引力的频率在地球的经度、纬度上是有差别的。

找到地球各点的经度、纬度的最佳点，或者说，这种频率对通信的最有效的传输，是研究同步通信频率仪的关键。

研究人员找来当今世界上最先进的通信机。

他们对通信机进行一番改造，增加接地功能。

通过最先进的计算机对地心引力的数据测量，把通信机的频率调到与地心引力最佳的频率相一致，研究地球引力在同频率的状态下，如何实现两地的传输。

他们在地球的东南西北各个经度、纬度上，布置了16台发射和接收通信机。

实验显示，当地球的引力频率在瞬间达到一致时，通信机上发出的信息，在地球的任何一点上，通信的接收机上有微弱的信号显示。这样微弱的信号目前还不可能成为真正的通信信号。但是，利用地球引力通信的理论和设想的方向是正确的，为人类下一步实现这样的幻想提供了真切的意义。

（二十六）

雷探照与光传芳夫妇的预警研究工程，设想在蚊子的身上装上一根魔咒针，在意识推动下，辨别真假目标。

意识探测针，具有天才的梦幻，因为，在意识探测针的身上，综合了人与金属相互融合和相互交织的生物、动物、金属、电子、射线等全方位的预警功能。

雷探照与光传芳两位天才专家，要解决的是，意识针如何综合，如何发挥作用。

他们夫妻找到詹姆斯研究团队，首先从物质的意识存储中打开缺口。

夫妻俩三天两头找到詹姆斯，希望詹姆斯把他刚刚研究成功的空气压缩物质借给他们使用。

詹姆斯无论听到什么样的理由，就是不给空气压缩物质，因为空气压缩物质是他们团队通过几年艰苦卓绝研究的成果，并且，空气压缩物质只有少量的意识存储功能，下一步，还要进行异想天开的梦幻设计和研究，怎么能说给就给呢？

詹姆斯说："你们预警工程的研究成果也不借给詹姆斯团队。"

雷探照与光传芳无奈，只好找到"21"工程的主管仲玉光和副主管查丽丽，反复向两位领导说明和恳求，请领导出面，说服詹姆斯。

在仲玉光和查丽丽的多次说服下，詹姆斯答应，空气压缩物质只能借10天，并且，还需要詹姆斯团队的人一天24小时看着，确保空气压缩物质的安全。

雷探照与光传芳借到空气压缩物质后，说干就干。

他们首先从自己身上开始实验。

第一次，把0.1毫克的空气压缩物质植入雷探照的大脑皮层，在头上反复进行意识的回想、连贯、梦幻、刺激，同时，在头上用一根研制的特殊陨石针，与全球最先进计算机相连，把计算机中的各种知识和数据不断向雷探照植入空气压缩物质的部位进行刺激。

为了提高刺激的频率和兴奋点，研究团队又从永宁研究团队借来53位美女。53位美女对雷探照进行24小时不间断的各种艳丽和妩媚的挑逗，对雷探照的刺激前所未有。

光传芳看不下去了。因为，自己的老公正遭受一帮美女各种各样的性骚扰。

但是，为了科研，她心里默默承受着。

经过5天的实验，他们从雷探照的头皮上取出空气压缩物质，然后，将其与最先进的计算机相连。

从计算机上看到，空气压缩物质有非常强大的意识存储功能。

研究小组又将已经具有初步意识功能的空气压缩物质植入到光传芳的头皮上。

对光传芳进行意识催眠克隆。在光传芳的实验室，加入了模拟的各种元素，包括过去、现在、未来的各种梦幻。

在光传芳的头皮上，使用一种变频的刺激针，不间断对她刺激。

实验5天后，从光传芳头上取出了空气压缩物质。

然后，对这一物质进行测验。

非常神奇，光传芳的记忆中有许多意识是从雷探照的空气压缩物质上传给的。

实验取得了非常关键的成功。

接下来，他们将着手组织空气压缩物质与其他金属各种波纹的融合与测定。

雷探照与光传芳的实验也为詹姆斯团队研究意识模块提供有力的证明。

这一天晚上，两个组的研究人员狂欢了一夜。

（二十七）

永宁寻找Lui物质的工程正在推进。

2万米的深潜器的图纸已经设计完毕。这是人类最深、技术含量最高的深潜器。

在突破这项技术的过程中，53位美女又一次发扬了奉献一切的牺牲精神。

她们到口国的研究工程人员中，想尽千方百计，使出各种绝招，美丽青春和美元都贡献了。仅此一项，羔国就花了3亿美元。

口国多年来搞的理性、前途、信念教育，被羔国的53位美女和美元一一击破。这桩羔国和口国最大的间谍案，两个国家都低调处理，不了了之。

因为，羔国得到了便宜。虽然，花了3亿美元不择手段搞来技术，但要靠羔国目前的技术力量和研究时间再过5年都无法达到口国目前的研究水平。如果羔国自己研究，估计要花10亿美元，所以说，羔国是赚大了。

对口国来说，简直是丢口国的面子，丢领导的面子，丢科技人员的面子。

但从另一个方面来说，口国又有大收获。

因为，通过53位其中一些美女的双面间谍，口国已经比较了解了羔国进行蚊子武器“21”工程的状况。

口国也高度重视，紧急成立了应对蚊子武器“21”工程的破解工程，由口国元首亲自担任研究小组长。

2万米深潜器经过1年多的制造，终于可以下水了。

永宁研究小组在太平洋最深海沟开始实施寻找Lui物质的行动。

根据以前水波探测照相仪探测的情况，深潜器开始下潜。

深潜器在海面人员的无线通信指挥下，一直下到深海的沟底。

在深潜器到达一个洞口时，深潜器内的仪表激烈晃动，各种参数乱跳。

他们在深潜器的金刚窗上，看到有一小块不断发出强烈闪光的石子。

根据海面指挥的位置和水波探测照相到的射线位置，深潜器的科研人员断定，那一块闪烁强光的闪石，就是Lui物质。

他们高兴，眼看就要成功。

当他们用深潜器的机器手打捞Lui物质时，突然，机械手金光闪闪，机械手停止了动作。

研究人员一看就知道，这是Lui物质能源强大的永恒能量的反应。这种物质的射线比一般物质的射线要大1亿倍，所以，这种Lui物质是永恒不衰的能量体。

深潜器紧急从深海升上来。

研究措施后，研究小组决定下次再进行打捞。

（二十八）

詹姆斯的空气压缩意识存储物质的实验仍然在不断进行。

他们要研究出符合意识要求指标的全新物质。

詹姆斯的研究团队在异想天开。

他们从研究意识扩展到人。

世界上，对人的来历，有各种讲法。

有的认为，人是猿猴通过劳动变来的。

有的认为，人是上帝造的。

无论哪种说法，都不能有力地证明人的来历，为何？

詹姆斯认为，为什么与猿猴同时代的猴子现在还是猴子？

上帝造人只是梦幻的自我安慰。

最有可能的是，在人类的早期，有一种猴子突然得了一种病，这种猴子与其他猴子互相传播，并且，这种猴子突然改变了猴子的基因，然后，改变基因的猴子互相杂交，产生一种全新的基因突变的新猴子。

由于地球当时无交通工具，地球上各大洲的猴子也无法交配。但是，因为有风，通过风的吹动，将猴子病毒通过风的作用，吹到地球上各地的猴子身上，凡是这种猴子就会传播猴子病菌，结果，地球上所有这种猴子的基因发生了突变，这种猴子就是人类最早的来源。

就像今天的一些病菌，如禽流感等病菌只对某种动物感染传播。

詹姆斯意念中认为，地球上许多动物的灭绝包括恐龙的灭绝，恐怕也是一直流行的病菌的结果，这种病菌只对同一种动物会传染，对其他动物不会传染。

如果不是这样的解释，那为什么与恐龙同时代的许多动物到目前仍然存活。

詹姆斯先研究人的起源，再研究人的意识、人的构造。

其实，人这种动物，基本上是由水、气和碳组成的。

人死后干了，就只有碳的元素。

人没有气，几分钟就死了。

人没有水，几天就死了。

所以，人不能缺少气和水。

因此，气和水是意识的来源，与灵魂不可分离。

懂得了人与气和水的关系，詹姆斯在梦中听到一个呼唤：

要找到意识存储物质，气和水是不可缺少的。

詹姆斯决定，要在压缩空气的基础上，加进水，进行试验。

研究团队制订了几种方案，逐一进行试验。

在原来钢锭的基础上，又把钢锭加大到30米的立体。

为了试验的科学性，他们在钢锭的两边，各开了一个孔，一边加气，一边加水，同时，两边用同样的压力，同步推进加压。

试验在超强的计算机上不断产生出新的数据。

在数据中他们看到，空气与水同时加压到极限时，能够产生一种全新的物质。

这种物质比单纯的空气压缩产生的物质意识存储容量和功能要大得多。

它有存储人的意识中级规模的功能。

但是，他们从计算机的数据中也看到，仅仅靠气和水的加压无法完成存储物质的功能。

研究团队开动脑筋。

各种各样的方案都来了，做到孩童无忌。

有的说，在气和水中加入Lui物质。

有的说，在气和水中加入biu物质。

有的说，在气和水中加入Lai物质。

有主张，在气和水中加入金刚钻。

还是詹姆斯聪明，他说："我们要研究的是意识存储物质，这种物质最终的结果，是把总统的意识复制给蚊子，最终，使蚊子听从总统的意念和指挥，实现间隔控制的目的。"

詹姆斯想到了总统。

他们一起研究，能否在气和水中加入总统的血液，这样的合成，在人类史上是没有过的。

虽然是天方夜谭，但这样的梦幻，无人能够想到。

人类史的许多重大发现发明，在当时都是天方夜谭，都是幼稚的玩笑。

人类在幼稚中成长和发展。

詹姆斯命令研究团队，在钢锭的另一边钻开一个孔。

他们知道，查丽丽与总统的关系最好。

詹姆斯向查丽丽报告，希望得到总统的血液500毫升。

总统的身体和各项行动都是高度保密的。

詹姆斯又找到总统保密官，说明情况。

总统保密官准许，在保密官的全程监督下，可以抽取总统的血液。

来来回回多次，在查丽丽的大力帮助下，终于抽到了总统500毫升血液。

他们马不停蹄。

所有研究人员各就各位，为意识存储物质，为“21”工程全力拼搏。

在钢锭的三个方向上，分别加入气、水、总统的血液。

压力在推进。

压强在增大。

研究人员都尽各自的努力操作。

终于，在钢锭的表面发出的各种光，同时，计算机监测到，气、水、总统的血液三者加压、加强、加力合成的物质有强大的意识存储容量和灵敏度。

显示出，这种物质已经有了人的智能和存储意识的能力。

实验现场一片欢腾。

终于，通过6年的努力，意识存储物质找到了。

这是人类以来最伟大的发现，是人类进入外太空迈出的最为科学和关键的一大步。

（二十九）

永宁领导的研究团队继续打捞Lui物质。

因为谁都没有看过Lui物质，也不知道它到底有什么样的功能和射线的情况。

如何在深海挖出Lui物质，上一次打捞，金刚钻的机器手是不行了，唯有另辟蹊径。

永宁正在组织各种打捞工作。

他们在深潜的机械手臂上安装了十几种材料进行实验。

有合金，有玻璃，有陶瓷，有塑料，有钢铁，有棉麻料，有木材，等等。

当深潜的机械手臂上安装的十几种材料接触到Lui物质时，十几种材料只有一种没有影响，其他的，要么被扭曲，要么被损坏，要么被燃烧。

这种没有影响的材料，就是木材。

永宁真的不敢相信，世界上竟有一物克一物的。

他们无意中又发现了物质世界的另一个神奇。

他们断言，木材就是打捞和装Lui物质的最好材料。

为了找到最硬的木头，研究团队搜罗了地球上目前最硬、最好的木材。

据植物学家研究，铁桦树木的坚硬程度，比橡树的硬三倍，比普通的钢铁硬一倍，是世界上最硬的木材，人们把它用作金属的代用品。

过去，有的国家用铁桦树制造滚球、轴承，用在快艇上。

铁桦树即使把它长期浸泡在水里，它的内部仍能保持干燥。

铁桦树是树中的硬度冠军。子弹打在这种木头上，就像打在厚钢板上一样，纹丝不动。

铁桦树主要分布在朝鲜南部和越南、朝鲜与中国接壤地区，俄罗斯南部海滨一带也有一些。

永宁通过羔国的外贸部门，很快找到铁桦树，制作了深潜器的机械手和盛装Lui物质的盒子。

通过深潜器5天5夜的打捞，深海与海面操作指挥人员的共同努力，终于将Lui物质挖到，并且将Lui物质装在密封的铁桦树盒子内。

永宁和他的团队，经过6年的努力，通过千百万次的研究和实验，从梦幻、设想、幼稚、乱七八糟的无序天真狂躁中，真的找到了地球上唯一一种永不损失的物质能量——Lui物质。

这是上天的恩赐，是神意志。

永宁，为羔国的蚊子武器的“21”工程的前途与光明，提供了至关重要的一环。

（三十）

蚊子武器“21”工程研究已经有五六年了。

10多项的子工程按照工程最初的梦幻、设想、方案和设计，已经基本达到指标要求。

总统布克玛更是希望“21”工程早日完成，尽快检验成效。

总统召集各项目的负责人研究工程组合问题。

这次会议在四军总指挥部召开。总指挥部内设全球最先进双重保密措施，可以对参会者进行记忆的血液、意识、消磁三重处理，确保参会者的综合听觉和单项听觉以及作相对应的消磁处理。参会者在会上，是你的内容，你就可以听到并可发表意见。不是你研究的项目，或不需要知道的信息则不会听到。会后，参会者一出四军总指挥部的门，所有的参会者都会进入自动的保密程序，无论采取什么措施，都无法获得参会者的保密信息。

所以，羔国凡是最重要的保密会议，都在四军总指挥部召开。

“21”工程主管仲玉光，副主管查丽丽，分别坐在总统左右。其他各项工程负责人坐在各自的实验室或工作台边。

仲玉光对各小组说：“请各位把研究成果拿出

来，向总统详细报告，然后，我再具体说明。”

秋薇最先展示研究成果：她将一台十二D打印机放在桌子前，将打印机的镜头对准总统布克玛，大概10分钟左右，通过十二D打印的生物仿真总统，就呈现在大家面前。

秋薇在打印的生物仿真总统身上，接上当今最先进的计算机与总统的头皮相连，开动操作程序，生物仿真总统和真的总统没有什么区别，同样会走路，会说话，也可以跟真总统对话。更神奇的是，生物仿真总统的很多思维与真的总统一样。

参会的人员赞叹惊奇。

查丽丽展出了自己团队研究的杂交蚊子。

查丽丽叫研究员把杂交的蚊子放出来。

一只蚊子瞬间从笼子飞出来。

查丽丽叫蚊子飞到总统头上，蚊子就飞到总统头上。

指挥蚊子飞到哪一位身上，蚊子就飞到哪一位身上。

叫蚊子在秋薇的脸上叮一下，蚊子就去叮一下。

指挥蚊子潜入水中，蚊子就潜入水中；指挥蚊子在水管内飞行，蚊子就在水管中飞行。

查丽丽详细解释了蚊子的研究情况。

这种蚊子是1000多种蚊子和人的基因共同合成、经过几百次的反复提炼和实验的结果，最终使蚊子成为具有一定人的意识的全新蚊种。

永宁展示了自己研究团队寻找的在深海2万米找到的永恒不衰的Lui物质。

研究人员把指挥中心的电源总开关的线路接到密封的Lui物质铁桦树盒子上的开关插头上，然后，关掉外接的电源总开关，指挥中心的灯光和各种电源的供应没有任何影响。

研究人员又找来50厘米厚的钢板，将密封的Lui物质铁桦树盒子上的开关对准钢板，只5秒钟，50厘米的钢板就被射穿，射出一个小洞。

这种Lui物质，只要0.01毫克，蚊子飞行的能量可以维持100年以上。

任何动物，只要参入0.01毫克的Lui物质，身上的能量就可以长年不衰。

人的身上，如果能与Lui物质融合，同样，200年的能量也不会有任何问题。

詹姆斯的研究团队向大家展示：

经过超天才的研究，人类第一次合成了意

识存储物质。这种物质模块，被研究团队命名为WUCHAO，中文名字为“无超”，意思是无法超越。

詹姆斯开始做一个实验。

研究人员各用0.01毫克“无超”和Lui物质射线，一头连接总统的大脑头皮和胸部的皮肤上，另一头连接到秋薇的头和手上。

会场一片肃静。

总统和秋薇各自闭目1分钟后，看一看，两者的存储意识如何。

总统把秋薇叫到身边，总统问秋薇，刚才我想什么。

秋薇对着总统耳边说：“你刚才想，我想跟秋薇生个孩子多好。”

秋薇问总统，我刚才想什么。

总统小声对秋薇说：“你刚才想，你是流氓总统。”

两个人目光惊讶，大笑起来。

全场的人都不放过，一定要他们两个人对大家说出来，两个人到底想了什么。

总统打打圆场，说：“总统卸任后全都告诉你们，现在是国家机密。”

查丽丽怒目对着总统和秋薇，心在想，这两个人，心上和脑上肯定是长了瘤子。

紧接着，其他各项的研究成果陆续展示。

（三十一）

“21”工程进入了组装和实验新阶段。

由仲玉光主要组织和实施。

仲玉光找来永宁研究团队，首先实施蚊子的能源飞行实验。

他们对新基因合成的全新蚊子的重量、耐力程度、血液含量程度、饥饿程度的耐力、飞行最大限度等，通过超强的计算机计算，得出各种科学数据。

同时，对永宁寻找到的Lui物质能量与蚊子所需的耐力进行匹配计算。研究人员从计算机模拟立体蚊子与Lui物质的试验的数据中看到，一只蚊子不停飞行50年，需要Lui物质0.0001毫克。如果蚊子飞行三分之二的时间，这种能量的物质可以使蚊子飞行65年以上。

永宁说：“Lui物质如何使蚊子转换成能量？Lui物质如何搭载在蚊子上？这都是需要全新攻克的问题。”

仲玉光找来秋薇和查丽丽。这两个美丽的倾国女天才专家，第一次与“21”工程的总管仲玉光合作，显示出心头的兴奋与荣耀。

查丽丽过去虽然对秋薇有看法，但并不是因为秋薇的风流，而是因为总统的三心二意，而是因为秋薇比自己年轻、美丽和男人无法抗拒的女人之魅力。

但是，查丽丽在合作中并没有出难题或者分心。她全力以赴和他们一起攻关。

Lui物质是一种永恒的射线矿物质能源，蚊子是一种生物。这两者如何融合，并将能源转化为蚊子生物的能源，这是能源转化的关键。

他们首先在蚊子的肚皮下方嵌入Lui物质。因为，合成新的基因的蚊子，在肚皮下方专门生出了一块嵌入能源的位置。

研究人员找到一只雄性蚊子，利用当前世界上最先进的基因焊接技术，将蚊子的血和蚊子的脑髓以及WUCHAO“无超”意识存储材料有机搅拌，在激光的聚焦下，把人的脑磁波和意识磁波，准确融合在Lui物质与蚊子的生物频率之中。

蚊子麻醉后醒了。

装上Lui物质以后的蚊子，马上不停地飞旋，蚊子两个翅膀发出了颤抖的嗡嗡大声。飞动的风似一把小风扇，在两米的距离都感到一股热浪。

蚊子飞行了10多天后，死了。

研究人员将蚊子解剖后发现，Lui物质的能量过大，蚊子受不了。

他们又找来蚊子，继续试验。

这次，研究人员按照计算机的配方，调到配方模拟合适的数据。

试验开始了，蚊子在飞行一个月后，同样，因为Lui物质与蚊子的生物匹配和适应问题，蚊子还是死了。

在蚊子武器“21”工程中，蚊子的飞行是第一关。

因为，蚊子武器要攻击敌国首脑，需要蚊子飞行几百公里，有的甚至几千公里，就算通过飞机、卫星、舰船等飞行器的搭载，蚊子到友国的边界，蚊子武器也要飞行几百公里，因此，解决蚊子飞行的能源问题是第一要务。

三个项目的研究人员根据多年的研究经验，只要异想天开，只要变幻莫测，只要胡乱猜想，科学和成功总会在不经意中现出一线曙光。

他们将WUCHAO“无超”意识存储材料和Lui物质以及蚊子的血、肉融合，把融合后的复合体用激光意识针打到蚊子的体内，然后再进行试验。

在各种试验的同时，查丽丽提出，将融合后复合体的蚊子进行人体内的试验。

研究人员找来合成的带有融合后复合体的公蚊子和母蚊子，用玻璃胶囊将公蚊子和母蚊子装在一起，输入氧气。研究人员不论男女，每个人从嘴里吞下两个玻璃胶囊。

试验的男女聚在一片漆黑的试验宫殿尽情欢乐，想干什么都可以，然后，静静地睡上10天。

当玻璃胶囊从研究人员的肠内自然地排泄出来后，有2对玻璃胶囊的蚊子从封闭的玻璃胶囊中钻了出来。

这些蚊子已经脱胎换骨，吸收了意识能源的全部功能。

仲玉光问这几个玻璃胶囊的蚊子是谁的试验成果，并要求详细介绍经验。

查丽丽和秋薇都不约而同地回答，为了科学，为了蚊子武器，为了“21”工程，为了总统和国家，这几天都接受男人的折磨，把身体都贡献了，也都不知道是谁干的。

仲玉光和所有的研究人员，无不被秋薇和查丽丽的伟大行动所感动，一致公认她们为科学卫士，要求报送总统，为她们特别颁布："经得起男人诱惑经不起科学探索的天才美女"勋章。

（三十二）

蚊子武器到了最后合成的总攻关阶段。

仲玉光把所有的研究专家召来。

詹姆斯的意识研究工程组、皮动川的宇宙空间和动力研究组、地角超的地球地心通信研究组、雷探照与光传芳夫妇的预警研究工程组和隐身技术、识别技术、生物融合技术、预警技术、意识输入技术、整合技术、试验修正技术等专家和研究人员以及永宁、查丽丽、秋薇等，齐集共研。

蚊子武器的能源单项工程已经基本解决。

其他十几项工程如何融合应用。同时，能源项目与其他十多项工程怎样融合也是关键点。

各个专家和天才尽展绝招。

詹姆斯的意识研究工程组，首先，对蚊子进行存储模块的输入。

詹姆斯与秋薇、查丽丽合作，将蚊子的基因、血型、脑电波、心电波、头皮脂肪、头皮细毛与具有意识存储模块的物质相连，采用Lui物质的能源射线，对生物与矿物与金属的物理属性，进行不相容合成照射和射线缝合。

由于秋薇和查丽丽是蚊子生物的研究专家，秋薇和查丽丽主动提出，将自己的血液和基因的遗传密码与蚊子的血液和遗传以及WUCHAO“无超”意识存储材料相互传递，并通过超级计算机的数据合成，让几项工程有机发生作用，共传信息。

在合成中，研究人员一边掌握计算机上的各种数据变化，一边增加或减少合成的各种材料。

在实验的同时，开动实验室的意识蓝光传输射线。研究人员的意识想象魔针同时集中到蚊子的意识合成上。

詹姆斯与秋薇、查丽丽从计算机的数据显示中看到，WUCHAO“无超”意识存储材料已经与蚊子的血液和基因以及大脑相融合，产生了蚊子中可以复制人的意识的物质载体。

研究人员在蚊子的头上，接上超微型发声器，詹姆斯与秋薇、查丽丽对蚊子发出语音喊话，蚊子从发声器中一一作了回答。

合成攻关苦战了半个月，终于，见到了曙光。

研究人员当晚全体放假，路易十三尽情喝够。永宁把53位美女一并召来，享受美酒、咖啡和美人。

（三十三）

在一个模拟自然环境的实验室，风、雨、雷、云、太阳、阴天、磁场、射线、地心吸力、药物、屏蔽磁场、火等环境按照自然发生和人为操控的场景，在计算机的概率操控下，测控蚊子武器的各种适应能力。

仲玉光找来地角超、雷探照与光传芳夫妇、皮动川等专家，与大家一道进行最后的蚊子武器的合成攻关。

研究人员对识别、通信、预警与飞行的能源和意识模块进行整合以及运用。

当实验室出现微风、大风和不同等级的台风时，蚊子发出不同的声音。

当模拟出现八级以下的台风时，蚊子发出轻轻的尖叫声：

“各位，我很好，完全可以应对。”

当模拟出现八级以上的台风并逐级加大台风的级数时，蚊子发出不同的尖叫：

“风力大。”

“我很吃力。”

“我顶不住了。”

“我完了。”

研究人员确定，蚊子武器必须有防台风的预警和能力。

实验室又模拟在不同程度下雨时，蚊子武器如何应对。

在毛毛细雨下，蚊子武器的飞行速度放慢。

当下中雨时，蚊子武器的身上被淋湿，飞行困难。

当下大雨时，蚊子武器无法飞行，只能在地上打滚。

当实验室出现雷电时，蚊子武器不敢飞行。

实验室启动强制蚊子武器飞行。一声雷电过后，蚊子武器被击倒，无法飞行。

当实验室洒下药物时，蚊子停止了飞行，因为，蚊子闻到了药物的味道了，再飞，就会死亡。

当天空出现火焰时，蚊子对火焰的适应程度随火的烈度发生不同的适应情况。

当实验室出现磁场、高温的太阳、地心引力和太阳射线、月亮的射线等各种环境时，蚊子武器各种的适应情况都在计算机测试的记录中。

仲玉光问大家："各位天才，你们有什么外星人的智慧？"

在蚊子武器总装室。

50多位顶尖专家都在交头接耳，叽叽喳喳。

在这时，一张大椅子上，一位皮肤不怕冷热的人——詹姆斯，正在进入梦乡。

这些天来，詹姆斯连续干了5天5晚没合眼。

查丽丽走到詹姆斯身边，把热烫的开水杯放在詹姆斯的脸上，再洒上半杯开水，詹姆斯没有一点动静。

查丽丽又把火机打着火，对着詹姆斯的脸烧了一阵，同样，詹姆斯不怕火，不怕烫。

因为，查丽丽最清楚，詹姆斯是外星人的种。

研究人员听了查丽丽的介绍，对查丽丽的毒辣做法渐渐理解了。

研究人员在吵闹中度过了两个小时。

詹姆斯醒了。

“你们干吗？”詹姆斯在问。

现场一片肃静，50多双眼睛同一个方向盯着詹姆斯。

詹姆斯说了：“刚才，是查丽丽烫我和烧我的。”

大家更是惊奇，詹姆斯竟然知道。

詹姆斯说：“我这脸上一烫一烧，就把我从地球连到了外太空的上帝了。”

在梦中，上帝说：

“自猴子变人后，上帝就统治了宇宙。到目前为止，无论是地球上的人，还是外太空的上帝和灵魂，还没有能够把生物和金属融合在一起，成为万能的意识的东西。要实现这样的目标，就要从女人方面去考虑，因为，女人是水做的。”

詹姆斯的梦使大家灵魂出窍。

有的专家建议，从查丽丽和秋薇身上进行试验。

有的怪才提议，既然外天的子孙都梦到了，何不从水剂中试一试。

十几个项目的负责人聚集在一起研究。

他们把永恒的能源材料、意识存储库、飞行技术、通信技术、隐身技术、识别技术、生物融合技术、预警技术、意识输入技术、整合技术、试验修正技术等各项研究的最新成果，包括地心频率、太阳射线、万能探测针、意识存储模块、永不消失能源、蚊子基因和血型、蚊子肉体遗传等100多项创新成果，通过蚊子和人的血液及唾液进行综合融合，再把人类目前最先进的全部存储数据，与意识灵魂生物金属进行正向和反向交流，形成一种万能意识灵魂水剂，然后，再植入蚊子的血液和脑部以及蚊子的机体。

各项操作完成后，蚊子膨胀了5倍。蚊子同时也睡着了。

5天后，奇迹出现了，宇宙上，人造的第一只蚊子武器诞生了。

研究团队一致命名它为“布克玛蚊子”。

（三十四）

经过高科技全新合成的蚊子，是宇宙第一个具有意识和多功能的科技蚊子。

蚊子的外形是一个具有双头双身和蝌蚪圆滑的身体。

三角形的双头主要用来减少空气的阻力、探测和通信。

除头上，身体是椭圆形的。在椭圆形的中间，有椭圆的开口，用来吸收阳光、空气及各种引力。

开口上下连通，主要用来吸收太阳和光的射线吸力以及太阳和光在反射地表面后的反作用力。

蚊子双体用来平衡地心的引力，使蚊子在-0.1～1的地心引力下无阻力飞行。

蚊子的皮肤是变色的，主要用来吸收光和热，协助推动蚊子前进。

全新蚊子，眼睛长在前头。眼睛与全身的细胞组织都是眼孔，无论在什么地方，即360°都能探测到一切情况。

蚊子的尾部，长有两处针孔。当蚊子不攻击时，蚊子尾部用来平衡。当蚊子需要攻击时，尾部下的针孔打开，锋利的吸血嘴和意识传输嘴同时发挥功能作用。

蚊子用尾针把人的血吸出，迅速传到蚊子的血液中，经过蚊子意识的加工，把全部需要传给对方的意识以及控制的目的，通过蚊子尾部的另外一支针，把蚊子的代理意识血输入到攻击对象。吸血、融合、转换、输入等整个过程1分钟完成。

过去的蚊子，在攻击人时，产生一种毒素，使人痛痒难受，并且，发出嗡嗡的叫声，吵醒睡眠者。

全新合成蚊子，改变了蚊子的一些基因和血液成分。在攻击人时，不会使人痛痒难受，并且能够发出一种美妙的梦幻催眠曲。睡眠者在美妙的梦幻中接受了蚊子武器的意识输入和控制目的的程序元素。

蚊子的飞行时间可以不间断飞行50年以上，因为，蚊子有永恒的Lui物质。

蚊子的飞行速度，每小时达到100公里以上，因为，蚊子已经具备了无地心引力的悬浮飞行。

蚊子的血液和营养等靠Lui物质和WUCHAO“无超”相互配合，通过阳光、水分、空气的相互转换以及空中的漂浮营养素补充，能够维持50年不用血液补充，同时，在攻击人时，能够一次性吸取血液维持10年以上。

蚊子具有探测雷达、光达、波达、色达、药达、火达、人眼、金属眼、各种生物探测等预警系统，当某一种防备蚊子情况出现时，蚊子武器都能探测到，然后采取相应的对策。

为了准确识别和有效攻击，蚊子武器对攻击者的防备和睡眠者室内情况具有探测功能。如果被攻击者的睡眠室内装有报警系统，蚊子武器能够发出一种干扰射线，使室内报警系统失灵。如果被攻击者睡眠时采取防护措施，比如，戴上头盔，穿上全身防护服，蚊子武器则能看准机会，在被攻击者上厕所或者换衣服的瞬间，迅速钻到被攻击者的衣服内，等待被攻击者睡眠时实施攻击。

（三十五）

蚊子武器各种功能已经达到设计要求。

实验正式开始。

谁来第一个实验，研究人员个个不寒而栗。

通过蚊子武器的叮咬，从血液和遗传密码中，首先将控制者的意识和控制目的传给蚊子武器。

这种传输具有极大的风险，有可能产生双向传输。即，控制者的意识和控制目的传给蚊子，同时，蚊子的生理、物理及蚊子的遗传密码、蚊子的毒性也同时传输给控制者。这样一来，人就有可能兼备了蚊子的特性。

人既是人，同时又是蚊子，那是多么可怕的结局。

谁愿意第一个献身。

一个星期过去了，还没有人站出来。

金色的研究中心，200多名天才专家齐聚一起。

会场静得连蚊子的呼吸声都能听到。

终于，在一个小角落，一个微弱的声音轻轻而坚定地说：“我来吧！”

400多只眼睛不约而同瞬间朝角落看去。只看到，国色天姿的天才专家秋薇的嘴唇动了一下。

此时此刻，这些研究人员，特别是男性研究人员，感到自己的灵魂到了帝国的十八层地狱，而秋薇的灵魂升到了上帝的天堂，跟耶稣平起平坐，正在普舍上帝的爱。

很多研究人员知道，上次，秋薇为了科学研究，毫无保留地把自己的贞操在一片混乱中不知道贡献了谁。这次，她又带头实验。

人们看到了秋薇全身都是金子。

詹姆斯，一直以来就羡慕和爱上秋薇。

两个科学家一直把事业当作生活，秋薇20多岁，詹姆斯40多岁，他们都没有谈婚论嫁。

詹姆斯鼓起勇气，在200多双眼睛的注视下，庄严又坚定地说：

“如果秋薇美女愿意，我愿意娶秋薇伴随终生。实验不论发生什么结果，我都愿意终生照顾，直至人生尽头。”

实验室随即响起热烈的掌声。

秋薇热泪盈眶。

当晚，全体研究人员为秋薇和詹姆斯举办了结婚仪式。

秋薇和詹姆斯结婚后的15天，实验开始了。詹姆斯亲自为秋薇实验操作。

秋薇光溜溜的身子躺在一个充满射线和意识的

实验室内。

蚊子武器从小小的洞口飞进去。

几十只蚊子武器在秋薇雪白的脸上、身上吸血。同时，秋薇在意识射线和模糊灵感的促使下，将意识和控制目的传输给蚊子武器。

几十只蚊子武器输入完成后，在实验室飞来飞去，发出了秋薇平时最喜欢唱的那首歌的嗡叫。

我不知道，
我真的不知道，
在等待什么。

千百次一样的晨曦，
我习惯轻轻地推开那扇窗，
双手托着两腮，
凝望着窗外的世界。

这次真的不一样，
朝霞染红了天边，
白云绕在窗前，
露珠滴滴洒在空间，
如美如画的早晨近在眼前。

我看见了，
远处慢慢飞来一只鸟，
渐渐地，
我看清了，
那是一只百灵鸟，
就站在窗前的树梢。

百灵鸟张望着，
扑展美丽的翅膀，
抖动亮丽的身躯。

我不知道，
但我真的梦见到了，
那是我梦想英俊的化身，
那是我追寻理想的伟人，
那是我实现至上的天堂。

我听见了，
百灵鸟声声歌唱，
歌声悠扬，
情传远方。

我不知道，

但我真的感悟到了，
那声声百灵就是传情的美妙，
那悠扬的鸣叫就是拨弄的琴声。

我不知道，
但我真的追逐到了，
那是我百思的欣赏，
那是我千想的甘露，
那是我万串的故事。

慢慢地，
百灵鸟飞远了，
梦中的传奇不见了。

窗还是那个窗，
早晨还是那个早晨，
梦还是那个梦，

我不知道，
我不知道，
我真的不知道……

蚊子武器唱出了秋薇的心灵美妙。

同时，秋薇也发出了嗡嗡的蚊子惨叫声。

一万个不幸，终于发生了。

秋薇和蚊子武器伴随双向传输。

研究人员当务之急，就是要尽快找到单项传输的技术。同时，尽快找到解除秋薇被蚊子传输的遗传密码以及意识元素。

（三十六）

接受秋薇意识和控制的30多个蚊子武器，被关在一个既不透风又密闭的实验室内。

蚊子武器另一个实验需尽快进行。

找什么人实验，研究人员想到了拉国、汗国的战俘和恐怖嫌疑犯。

他们向羔国帝国的情报中心主任灭灾万请示。

灭灾万同意秘密进行。

研究人员找来战俘或恐怖嫌疑犯10男10女，每个人关在一个具有传输意识和意念的X射线实验房，脱光他们身上的衣服，将蚊子武器放进实验房。

蚊子武器迅速在他们的脸上和身上吸血和传输意识及控制目标。

30多只蚊子武器完成传输后，被传输的10男10女躺在地上。

研究人员用超强的计算机对20人进行测试，从20人的脑电波、心电波、意识、意念、控制和目标指向来看，基本上与秋薇相似，说明，传输实验基本成功。

当研究人员向秋薇发出指令后，秋薇的意识要求被实验的20名战俘或恐怖嫌疑犯进行穿衣、脱衣、对打、奔跑、称赞、对骂、挑衅等各种行为和动作，他们都对各种指令一一执行。

终于，经过近9年的全力攻关，蚊子武器目标基本实现。

研究人员集中智慧，通过蚊子的遗传密码的解码，通过蚊子血液的透析，从蚊子的大脑中找到一种传输蛋白，即∮13的物质，这种物质具有单向输送的功能。

研究人员从∮13的物质中提取精华，与蚊子血液中Y型色素和蚊子的遗传密码J10进行提炼，制造出蚊子单向色精。这种色精与人的灵魂意识消除相互配合使用，能够制止蚊子的毒素和意念传输给人。

研究人员首先对秋薇进行治疗，发现有效果。再用黑色外太空射线对秋薇进行治疗，配合詹姆斯的人类灵魂照射，秋薇经过2个月的综合治疗，蚊子武器的传输被消除。

詹姆斯讨回了原来的秋薇。

为了确保总统布克玛传输的万无一失，研究人员对20名俘虏或恐怖嫌疑犯多次进行反复试验和综合单项消除。实践已经确保100%的准确性和无误性。

“21”工程总管仲玉光和副总管查丽丽以及10多项子工程的负责人，到十八层地狱的羔国指挥部，向总统布克玛汇报，总统可以进行试验了。

总统听了非常高兴，决定对“21”工程总管仲玉光和副总管查丽丽以及10多项子工程的负责人，奖励寿命20年遗传膏1盒，另外，奖励全体人员每人黄金1吨。

总统任命查丽丽为帝国羔国特别情报中心主任，负责蚊子武器的所有工作。

总统特召查丽丽开始秘密蚊子武器的实施工程。

查丽丽命令研究人员特别合成100只蚊子武器，其中，公蚊子武器60只，母蚊子武器40只，存在绝对保险和保密的实验室内。

在一个阳光明媚的上午，总统心情特别开朗和兴奋，查丽丽向总统报告，请总统开始蚊子武器的意识和意念及密码传输实验。

总统愉快答应，来到实验室。

总统脱光衣服，进入传输中心，查丽丽开始放100只蚊子武器进入实验室。

蚊子在总统的脸上、身上吸叮。

查丽丽看到总统全身的有力的肌肉，心跳加快。心想，要是成为总统夫人多好啊，名声又有，身心又愉快。

几分钟时间，100只蚊子武器的传输过程完成了。

成为布克玛替身的蚊子武器，在一个绝对安全的实验中心保存。只有查丽丽一人在总统的直接命令下，才可以进行蚊子武器的攻击行动。

（三十七）

羔国帝国，10年一次的选举即将拉开序幕。

现任总统布克玛，看到各种民调统计数据，心情七上八下。

自己的政党良王党总裁禾拉，党内和民调的统计数据显示，禾拉的支持率都比自己高。

反对党供口党的总裁比高，其党内和民调的统计数据显示，比高的支持率也高于自己。

布克玛所在的良王党批评自己，没有实现9年前竞选时的承诺，在枪支、就业、反恐等方面，总统的成效不佳。

禾拉指责布克玛优柔寡断，总统的领导能力有问题。

反对党供口党的总裁比高，指责布克玛，羔国的反恐，越反越恐。羔国的价值观，羔国的利益，羔国的盟友，在宇宙中受损，空间被压缩，影响力下降。特别是，地球的东部、中部、西部几个邪恶的国家对羔国的威胁不是缩小，而是扩大。

布克玛心急如焚。

从哪里扭转局面，布克玛吃不好，睡不着。

布克玛找来查丽丽，两个人绝密商议。

布克玛在选战如此紧张的时刻，也不忘忙中偷乐。

他还是叫情报人员在空调口上放上透视药，等20分钟后，查丽丽出现在会议大厅。

布克玛戴着茶色眼镜，又一次偷窥查丽丽美丽的身体。

查丽丽一直蒙在鼓里。问总统，为何每次到这里来，总统就戴茶色眼镜。

布克玛说："因为是单独相见，所以要酷一点。"

查丽丽信以为真。

总统和查丽丽两人秘密商议：要采取羔国自建国以来最为绝妙的策略，两招制胜。

第一招：要尽快通过枪支管控法。让羔国全体国民对自身安全放心。

布克玛和查丽丽分别到了议会的左院和右院。

根据情报人员掌握的情况，左院有50名议员、右院有40名议员强烈反对通过枪支管控法。

会议开始了。

查丽丽坐在左院议会的一个边角上，不动声色。她正打开小小的手提包口，把手提包放在地上，60只蚊子武器悄悄从专用的保密箱中发出，从议员坐的椅子下飞动。

这一暗藏的杀机，全场120位议员没有一个发现。

总统布克玛坐在主席台的右侧，两眼分别对准反对的议员，每对准一个反对的议员就闭眼几秒钟。

在布克玛对准议员和闭眼的几秒钟内，靠近反对通过枪支管控法的议员的蚊子武器，首先接收到信息，然后采取攻击行动，对该议员进行叮咬，传输总统的意识、意念和控制目的。

蚊子武器完成攻击后，在查丽丽的意识指挥下，悄悄回到了保密箱。

在激烈的辩论会上，原来激烈反对通过枪支管控法的50名议员，这时，有的反对的激烈程度缓和了，有的声音变小了，有的不出声了。

议长的名字叫靠得住，对大家说："现在开始投票。"

20分钟后，在电子显示屏上显示，对枪支管控法投票的左院120名议员，有115人投票赞成。

议长靠得住宣布："枪支管控法通过。"

现场没有掌声，没有欢声笑语，大家只是你看我，我看你，静静离开了左院。

左院通过枪支管控法后，舆论哗然。

大大小小的媒体采访那些原来反对通过枪支管控法的议员。他们有的不愿意接受采访，有的谈了新的想法，有的转变了原来的想法。

左院的投票，对右院的影响加大。

原来只有15人强烈反对的右院议员增加到30人。

布克玛说："下一步，通过枪支管控法关键在右院。"

总统和查丽丽采取与左院同样的手法，使枪支管控法在右院胜利通过。

总统布克玛在第一时间签署了法律。

第二天，羔国各种民调显示，布克玛的支持率已经逼近同党竞选人和反对党总统候选人。

布克玛说："第二招：要让敌国随时听从羔国总统的指挥。"

布克玛和查丽丽秘密商定了全球行动路线图。

主要对月国、朗国、啊国、亚国、拉国、比国、巴国等7国实施"21"蚊子攻击。

总统带着查丽丽和出访人员，分别到与羔国友好的附近7国访问。要求访问的所在国安排总统一行到边界看一看。

查丽丽秘密带着蚊子武器，时刻不离身。就连吃饭、洗澡、上厕所、睡觉，都是手提包不离身。

分别到了月国、朗国、啊国、亚国、拉国、比国、巴国等7国的边界，查丽丽趁人不注意时，将蚊子武器放出。

总统看到查丽丽完成任务后，很快结束该国的访问行程，回国了。

总统在一个月的时间，完成了地球东部、中部、西部7个国家的访问。

然后，继续开展竞选活动。

总统在5万人的竞选大会上慷慨激昂，一改过去的作风。

总统布克玛大谈，人类共同最高利益，就是要大同世界，就是要和谐共存，就是要世界幸福，实现世界梦，让人类都有共同的价值观、利益观、生存观、人权观、文化观。现在，世界上已经没有了邪恶国，没有了恐怖国。

竞选现场，许多选民听了布克玛的话，云里雾里，十分矛盾。前一个月，总统都不是这样的讲法和观点，只一个月时间，总统的讲法和观点完全不同，完全变了。

许多人生气、吵闹、大骂。

总统选举的投票越来越近了，地球上天天都传来好消息。

月国宣布，主动放弃核武器，不再进行导弹试验，按照羔国的意思，走世界大同之路。同时，随时欢迎羔国总统布克玛来访。

朗国宣布，允许世界上所有的原子专家到该国检查民用核电厂。为了表示诚心，朗国不再拥有导弹和飞机。

啊国照会羔国，允许羔国长期驻军，并且驻军费用由啊国负担一半。啊国长期对抗的班军自动投降，回归社会。

亚国发布总统令，请求羔国派人协助亚国管理，必要时，亚国交由羔国管理。

拉国向全世界公告，愿意将石油收入的一半交给羔国，任何时候都愿意听从羔国的指挥。

比国总统特使到达羔国，向布克玛面呈总统的亲笔信，从今以后，再也不会与羔国作对，羔国可以随时调动比国的资源。

巴国也宣布，长期对抗羔国的战略从此结束，愿意把巴国的资源无偿贡献给羔国。

7国的宣布，震惊世界，上帝也听到了。

布克玛心中狂喜。他看到和听到了“21”工程的神奇和伟大，这是自人类以来最伟大、最创新、最神秘的上帝工程。

狂喜过后，他还要实施更大的目标。

紧接着，布克玛宣布，要出访口国和斯国。

完成口国和斯国的访问后，震惊再次发生。

口国宣布，羔国的所有商品不再征税，同时还宣布，愿意将口国最先进的军事和民用技术与羔国共享。

斯国总统发布声明，愿意自动全部无条件销毁核武器和尖端常规武器，石油资源愿意与羔国共享。

离羔国总统大选只有5天了，羔国的各种民调显示，布克玛的支持率在96%左右。

布克玛宣布，一旦再次当选羔国总统，查丽丽将出任副总统。

（三十八）

布克玛，终于如愿，以97%的支持票再次当选羔国总统。查丽丽成为副总统。

紧接着，羔国，左院、右院的议会选举开始了。

良王党和供口党两党的政治主张都与总统布克玛大致相同。选举主要看个人的魅力，政党的主张并不明显。

左院和右院选出的共220名议员，有210人在一份致羔国国民的倡议书上签字，要求修改宪法第二条，即羔国实行总统制，每一届10年，可以连任，共20年。改为，羔国实行总统终身制，布克玛为羔国总统终身制总统，议会和国民的公投永远不能剥夺总统和副总统职务。

倡议书从20个方面，详细介绍了总统的能力、功绩和为全世界以及在宇宙创立的科技贡献。要求全体国民积极投票支持，通过宪法第二条修正案。

全民公投出来了，支持票占85%，布克玛和查丽丽成为羔国历史上第一对终身制的正、副总统。

布克玛和查丽丽在总统府设宴，请“21”工程的全体人员和国家核心管理人员。宴席共摆了200多台。

查丽丽太高兴了，放开饮酒，处处表现出高兴和风光。

詹姆斯来到查丽丽身边，问查丽丽是怎样当上终身副总统的。

查丽丽说：“你去问总统不就知道了吗？”

詹姆斯对查丽丽说：“都是你与总统同流合污，肮脏违背地球、人类、宇宙的自然规律，利用蚊子武器控制议会，控制议员，控制选民，控制敌国首脑。然后，又发动修改宪法。你们是自地球以来最邪恶的人。我要告发你们。”

查丽丽说：“总统和我都是终身制的，你们告发有用吗？”

詹姆斯非常气愤地走了。

詹姆斯回到家，把自己的想法告诉了秋薇。

秋薇，一个为科技探索愿意献出身体、生命和灵魂的伟大女性，怎么也无法相信这是真的。

他们联手向新闻媒体爆料，或者接受采访。

总统布克玛知道了。

他找来查丽丽，应当尽快制止詹姆斯和秋薇的揭发行为。

查丽丽按照过去的招数，将带有总统布克玛意识、意念、目标控制的蚊子武器放到詹姆斯和秋薇的睡房，将总统的意识传给了詹姆斯和秋薇。

几天后，詹姆斯和秋薇一改过去的说法，在主流媒体上刊登大幅广告，主动检讨自己的错误，赞扬总统和副总统的伟大。

詹姆斯和秋薇自己的意识已经无法控制，每天以泪洗面。

过了一个月，人们在圣水河上看到了两位羔国最伟大的科学家的尸体。

“21”工程的全体研究人员无不悲痛欲绝，个个表示，要用正义之声、正义之手，揭穿羔国最黑暗的阴谋。

“21”工程的研究人员的行动，引起了布克玛和查丽丽的高度紧张。

查丽丽动用羔国一切资源，对200多名“21”工程研究人员逐一实施封杀行动。

“21”工程总管仲玉光，整个“21”工程的总设计师，羔国“21”工程的奠基人，羔国科学泰斗，羔国仅次于总统的崇高科学功臣。

当他知道詹姆斯和秋薇自杀在圣水河上时，灵魂迅速崩溃。在一个太阳初升的早晨，仲玉光从101层的帝国大夏楼顶上跳了下去。仲玉光撕裂的整个身体已经无法看清。

能源天才和专家永宁，发表“21”工程的真相后，被特工用永宁发明的永恒能源Lui物质焦烤，身体只剩下骨头。

羔国宇宙空间和动力的独一专家皮动川，从大峡谷飞身而下，人们永远再也无法找到他。

地角超，羔国通信专家和天才，知道许多“21”工程的专家都升天后，轻轻地说了一句话：“该轮到我了。”他选择用安眠药结束了自己的生命。

专家雷探照与光传芳夫妇，没有留下任何只言片语，两个人，选择了安乐死。两个人静静地躺在床上。

“21”工程还有许多研究人员，采取了各自的方式，结束了人生。

月国、朗国、啊国、亚国、拉国、比国、巴国等7国的首脑，有的自杀，有的被警卫开枪射杀，有的被冲进首脑府的群众打死，有的出逃国外。

“21”工程研究的所有人，被自己研究的蚊子武器天才科技成果，葬送了伟大的生命。

查丽丽，羔国副总统，一手策划、指挥、实施的“21”工程攻击行动，200多只代表布克玛意识、意念和控制目的的蚊子，全部飞回到总统府，分别对查丽丽开始攻击行动。

查丽丽，一位绝代佳人，一位天才女科学家，身体被蚊子武器全部吃光，连一点骨头都不剩。

总统布克玛，在十八层地狱的羔国帝国指挥部已经沉睡。

当初，在噩梦中长长的鹰爪和带钩的牙爪正抓自己的头和身体。梦幻中，只听到，在上天的老总统对自己说：“当初，叫你不要学我，你偏不信，现在，你落得比我还惨。”

从此，羔国帝国总统布克玛再也没有醒来。

每天，蚊子武器模拟总统布克玛的声调，向全国、全世界以及外太空发出声音……